三毛

典藏

11

思念的長河。

E C H O L E G A C Y

【序】

與三毛在同一時空呼吸、生活。

——【明道大學中文系助理教授】陳憲仁

三毛的作品有多少，本是極為清楚的。因為自從一九七四年十月六日三毛在《聯合副刊》發表第一篇沙漠文字〈中國飯店〉起，平鑫濤先生即非常看重她，所以從一九七六年開始，便在他主持的皇冠出版社陸續出版她的著作，後來還以「三毛全集」方式為她完整出書，當她過世時，已出版文學創作十五本、劇本一本、翻譯五本、有聲書三本，總計多達二十四本，總字數超過二百五十萬字。

然而在我印象中，三毛走前，尚有部分報刊登過的文章，並不在「三毛全集」中，所以我想，三毛作品一定不止於當時的「三毛全集」而已。

於是有一段時間，我在圖書館裏翻閱各種報紙雜誌、登錄三毛作品發表的情形，並將未收在「三毛全集」的資料影印給三毛母親，後來皇冠出版社將之編印為《我的快樂天堂》和《高原的百合花》兩本書。

隨後幾年，承三毛家人信任，將部分三毛文物留存我家，我把它整理出來在明道中學「現代文學館」和「彰化文化中心」展出，然後應「國立臺灣文學館」之邀，送到那裏典藏。當時，還意外地整理到一些未結集的作品及幾篇手稿，心中無限欣喜。

一年多前，皇冠出版社把「三毛全集」重新編排為「典藏版」，讓喜歡三毛的讀者可以咀嚼回味，同時出版社及三毛弟弟陳傑也探詢三毛未結集的作品能否整理出版，以饗讀者。

正巧，一位國小老師林倖儀，在撰寫有關三毛傳記的碩士論文時，她蒐集到的一些三毛作品，與我提供給她的資料，剛好可以參照、互補，於是我們兩方彙整，一一查證，得到了近九十篇未結集的文章。我想，「三毛全集」加上這些之後，三毛作品大概接近齊全了吧。

不過，這些散簡篇章，有的受限於當時編輯的「命題」寫作，有的囿於發表園地的篇幅，主題紛雜，長短不一，同時也有不少文章與已經出版的書性質雷同。慎重起見，出書之事，只好暫時擱著。

慶幸的是，由於今年是三毛誕生七十週年，皇冠出版社為了對這位曾經風靡華人世界多年的作家表達敬意，特地從未曾結集的作品中先行選出二十多篇編印成此書，一方面作為紀念，二方面給讀者意外的驚喜，更重要的是不讓三毛作品湮沒不彰。

書中文章，發表的日期從一九七六年至一九九〇年，正好橫跨整個三毛寫作的時期；主題也剛好可以呈現出她的文學特色：（一）三毛生活追憶；（二）三毛對土地、青年、自然的關懷；（三）三毛與文藝界的關係。

這樣的一本書，對瞭解三毛、感受三毛，會有更深的體悟；尤其我們從拉長後的時間距離來看，不僅再次享受了她的豐富情感和獨特文筆，還可以發現她與荷西的愛情歷久彌新；她對臺灣土地的情感既深且厚；她熱愛文學藝術之情異於一般人；她的心中，對周遭的人與物，永遠充滿著關懷。

閱讀這些作品，三毛的魅力，會不斷散發出來，讓人重新見到三毛的善良心地、寬厚為人，同時也會鮮明地喚起許多社會、文化的記憶——原來，三毛與我們正是同一個時空呼吸、生活的……

目錄

追憶

關懷

光芒

追憶。

夜深花睡。

我愛一切的花朵。

在任何一個千紅萬紫的花攤上，各色花朵的壯闊交雜，成了都市中最美的點綴。

其實並不愛花圃，愛的是曠野上隨著季節變化而生長的野花和那微風吹過大地的感動。

生活在都市裏的人，迫不得已在花市中捧些切花回家。對於離開泥土的鮮花，總覺對它們產生一種疼惜又抱歉的心理，可是還是要買的。這種對花的抱歉和喜悅，總也不能過分去分析它。

我買花，不喜歡小氣派。不買也罷了。如果當日要插花，喜歡一口氣給它擺成一種氣勢，大土瓶子嘩的一下把房子加添了生命。那種生活情調，可以因為花的進入，完全改觀。不然，只水瓶中一朵，也有一份清幽。

說到清幽，在所有的花朵中，如果是想區別「最愛」，我選擇一切白色的花。而白色的花中，最愛野薑花以及百合——長梗的。

許多年前，我尚在大西洋的小島上過日子，那時，經濟情況拮据，丈夫失業快一年了。我在家中種菜，屋子裏插的是一人高的枯枝和芒草，那種東西，藝術品味高，並不差的。我不買花。

有一日，丈夫和我打開郵箱，又是一封求職被拒的回信。那一陣，其實並沒有山窮水盡，粗茶淡飯的日子過得沒有悲傷，可是一切維持生命之外的物質享受，已不敢奢求。那是一種恐懼，眼看存款一日一日減少，心裏怕得失去了安全感。這種情況只有經歷過失業的人才能明白。

我們眼看求職再一次受挫，沒有說什麼，去了大菜場，買些最便宜的冷凍排骨和礦泉水，就出來了。

不知怎麼一疏忽，丈夫不見了，我站在大街上等，心事重重的。一會兒，丈夫回來了，手裏捧著一小把百合花，興匆匆的遞給我，說：「百合上市了。」

那一剎間，我突然失了控制，向丈夫大叫起來：「什麼時間了？什麼經濟能力？你有沒有分寸，還去買花?!」說著我把那束花啪一下丟到地上去，轉身就跑。在舉步的那一剎間，其實已經後悔了。我回頭，看見丈夫呆了一兩秒鐘，然後彎下身，把那給撒在地上的花，慢慢拾了起來。

我往他奔回去，喊著：「荷西，對不起。」我撲上去抱他，他用手圍著我的背，緊了一緊，我們對視，發覺丈夫的眼眶紅了。

回到家裏，把那孤零零的三五朵百合花放在水瓶裏，我好像看見了丈夫的苦心。他何嘗不想買上一大缸百合，而口袋裏的錢不敢揮霍。畢竟，就算是一小束吧，也是他的愛情。

那一次，是我的淺浮和急躁，傷害了他。

以後我們沒有再提這件事。

四年以後，我去上丈夫的墳，進了花店，我跟賣花的姑娘說：「這五桶滿滿的花，我全買下，不要擔心價錢。」

坐在滿佈鮮花的墳上，我盯住那一大片顏色和黃土，眼睛乾乾的。

以後，凡是百合花上市的季節，我總是站在花攤前發呆。

一個清晨，我去了花市，買下了數百朵百合，把那間房子，擺滿了它們。在那清幽的夜晚，我打開全家的窗門，坐在黑暗中，靜靜的讓微風，吹動那百合的氣息。

那是丈夫逝去了七年之後。

又是百合花的季節了，看見它們，立即看見當年丈夫彎腰去地上拾花的景象。沒有淚，而我的胃，開始抽痛起來。

一九八八年五月二十日《中國時報·人間副刊》

撒哈拉之心。

曾經這麼想過，如果有一天，有一個女兒，她必要被稱為：撒哈拉・阿非利加・葛羅・陳。SAHARA AFRICA QUERO CHEN。

這個名字，將是她的父親、母親和北非沙漠永恆的結合與紀念。

沙漠的居民一再的說——那些沉迷安樂生活，美味食物和喜歡跟女人們舒舒服服過日子的人，是不配去沙漠的。

雖然自己是一個女子，卻實實在在明白了這句話裏的含意。

也許，當年的遠赴撒哈拉，最初的動機，是為著它本身的詭秘、荒涼和原始。

這一份強烈的呼喚，在定居下來之後，慢慢化生為刻骨銘心的愛。願意將它視為自己選擇的土地，在那兒生養子女，安居樂業，一直到老死。

每一日的生活和挑戰，在那筆墨無以形容的荒原裏，燒出了一個全新的靈魂。在生與死的極限裏，為自己的存活，找出了真正的意義。

撒哈拉的孤寂，已是另一種層面的崇高。大自然的威力和不可測出的明日，亦是絕對的。

在那一片隨時可以喪失生命的險惡環境裏，如何用人的勇氣和智慧，面對那不能逃避的苦難——而且活得泰然，便是光榮和價值最好的詮釋了。

大自然是公平的，在那看似一無所有的荒原、烈日、酷寒、貧苦與焦渴裏，它回報給愛它的人，懂它的人——生的欣喜、悲傷、啟示、體驗和不屈服的韌性與耐力。

撒哈拉沙漠千變萬化，它的名字，原意叫做「空」。我說，它是永恆。

沙漠裏，最美的，是那永不絕滅的生命。

是一口又一口隱藏的水井，是一代又一代的來和去，是男女的愛戀與生育，是小羊小駱駝的出世，是風暴之後的重建家園。是節日，是狂歡，是年年月月日日沒有怨言的操作和理所當然的活下去。

沙漠的至美，更是那一棵棵手臂張向天空的枯樹。是一朵在乾地上掙扎著開盡生之喜悅的小紫花。是一隻孤鳥的哀鳴劃破長空。是夕陽西下時，化入一輪紅日中那個單騎的人。

也是它九條龍捲風將不出一聲的小羊抽上天地玄黃。也是它如夢如魅如妖如真如幻的海市蜃樓。是近六十度的酷熱凝固如岩漿。是如零度的寒冷刺骨如刀。

是神，是魔，是天堂，是地獄，是撒哈拉。

是沙堆裏挖掘出來的貝殼化石，是刻著原始壁畫的洞穴。是再沒有江河的斷崖深淵。是傳說了千年的迷鬼獪猖。是會流動的墳場，是埋下去數十年也不腐壞的屍身。是鬼眼睛和蠱術。是齋月，是膜拜。是地也老、天也荒。

沙漠的極美，是清晨曠野，牧羊女脆亮悠長的叱喝裏，被喚出來的朝陽和全新的一天。

沙漠是一個永不褪色的夢，風暴過去的時候，一樣萬里平沙，碧空如洗。它，仍然叫永恆。

撒哈拉啊！在你的懷抱裏，做過沒有鮮花的新娘，在你的穹蒼下，返璞歸真。

你以你的夥伴太陽，用世上一切的悲喜融化了一個婦人，又塑造了另一個靈魂，再刻畫了你的風貌，在一根根骨頭裏。

你的名字，在我的身上。

看起來，你已經只是地圖上的一幅土黃色的頁數。看起來，這一切都像一場遺忘。看起來，也不敢再提你。看起來，這不過是風塵裏的匆匆。

可是，心裏知道，已經中了那一句沙漠的咒語：「只要踏上這片土地的人，必然一再的想回來，別無他法。」

已是撒哈拉永生的居民，是一個大漠的女子。再沒有什麼能夠懼怕了，包括早已在那片土地上教過了千次百次的生與死。

只要活著一天，就必然一次又一次的愛著你——撒哈拉。

沒有鄉愁，沒有離開過你。

如果今生有一個女人，她的丈夫叫她「撒哈拉之心」，那麼如果他們有一個女兒，那個名字必要被稱為：撒哈拉・阿非利加。

此篇為手稿

同在撒哈拉。

看完我的朋友上溫湯隆在沙漠中的日記，我的心情就如同奔騰的海浪一般，久久、久久不能平復。認識這個青年人的時候，他已經永遠長睡在我的第二故鄉「撒哈拉大沙漠」裏了，為什麼稱呼一個不曾謀面的青年人為「我的朋友」，在我是有很多理由的。

撒哈拉威們一再的說——那些喜愛安樂生活，美味食物和喜歡跟女人們舒舒服服過日子的人，是不配來沙漠的——我雖然是一個女子，可是我能夠深深體會到為什麼這片荒寂得寸草不生的世界最大沙漠的居民，會說出這樣的句子來。

當年的我，四年前吧！抱著與上溫湯一樣的情懷離開了居住的歐洲到北非去，當時我亦是希望以自己有限的生命，在生與死的極限之下，在這片神秘的土地上去賭一賭自己的青春，可惜的是，以我的體力和財力，我只能用吉普車縱橫了兩次撒哈拉，平日定居在西屬撒哈拉時，跟著送水車，在方圓三千里的地方，做了一些××的旅行，橫渡沙漠的夢想我不是沒有，只是我猶豫了兩年，在定居沙漠的那麼久的時間裏，始終不能有勇氣和毅力去實現這個計畫，而我的朋友上溫湯卻接受了這一個對自己的挑戰，幾乎在同一個時間裏，他踏上了征途。

許多時候，朋友寫信問我，人間的青山綠地、名城古蹟比比皆是，為什麼我在旅行了數十個國家之後，竟然選擇了那片沒有花朵的荒原做了我的第二故鄉？我試著向朋友解釋我的心情和理由，只是即使是我講了，恐怕也不會有什麼人真正的瞭解我吧！

十年前離家到現在，旅行的目的，在我豈止是遊山玩水，賞心樂事。如果一個青年人旅行的目的，只是如此而已，那麼亦是十分的羞愧了，不值得誇耀於萬一。

上溫湯的日記，替我寫出了去撒哈拉的理由，我們不約而同的向沙漠出發，不只是受到沙漠的魅惑去冒險，不只是為了好奇心的引發，真正要明白的，是自己，在那一片艱苦得隨時可以喪失性命的險惡的環境下，如何用自己的勇氣、大智慧去克服；面對那不能逃避的苦難，生命的意義，在那樣不屈服的挑戰下才能顯出它的光輝來。

上溫湯在他二十二歲的年紀，已經幾度從撒哈拉，旅行了數十個國家，從他的日記上看來，他是一個有頭腦，有理智，有大智慧、大勇氣的青年，他敢於隻身一人，騎著一匹駱駝，帶著少數的食物開始這一個偉大而有信心的長程。在我一個認識沙漠面貌的居民看來，是何等令人心驚的勇敢啊！沙漠的風暴，白日的高溫，夜間的寒冷，地勢的不可預測，以我笨拙的筆是無法形容於萬一的。

上溫湯拉著駱駝在大漠裏隻身踽踽獨行的身影令我一生難忘，可是我亦明白，在那樣看似一無所有的旅途裏，上溫湯亦有他的歡喜和悲傷，沙漠拿走人的性命，可是它亦公平的給愛它的人無盡的體驗、啟示、智慧和光榮，這是值得的代價，上溫湯地下有知，一定會同意我的說法吧！

上溫湯在日記裏所去過的地方，我大部分都用吉普車去過，看見他如何向人討水喝，如何分藥給游牧民族，如何在大漠的帳篷中過夜，如何遇到風暴，如何看到落日的美景；看他一個城、一個鎮的經過，一個水井一個水井的發現，這一切的一切都使我親切得熱淚滿眶，好似又回到了一個舊夢，一個永遠不會褪色的夢，而我，是真真活生生的在這夢裏面度過了兩年多的悲歡歲月，往日的時光因為上溫湯的描述，使我再度覺得無奈，悵然，甜蜜而又傷感。

上溫湯說得極好，也許去了撒哈拉，不能在學術上對這片土地有什麼地位，可是，這是活在眼前的一本大書，經歷過了它以後，對於生死的觀念，可能又超出於一般芸芸眾生了。

這個可敬的朋友，終是渴死在一片無名的沙地上，一試再試，以那麼多的苦難做代價，他仍沒有能夠征服這片無情的大地。可是在我來說，這一個美麗高貴的靈魂已經得到了他要求的永恆，抵不抵達目的，已是次要的事情了。

我也曾經是一個沙漠的居民，對於沙漠的愛，對於生命共同的理想和挑戰，使上溫湯在死了以後，將他的心和我的心緊緊的拉在一起，對這樣的一個知己，豈止是朋友兩字所能形容的敬愛和親密於萬一。

一個人，生命的長短，不在於活在世上年歲的多少，二十二歲的上溫湯，為著一份執著的對生命的愛，做出了非常人的事蹟，而他的死，已是不朽，生於安樂時代的新的一代，生命的光輝和發揚還有比他更為燦爛的嗎？

寄語上溫湯所深愛的父母親，你們有這樣的一個孩子，當是一份永遠的驕傲和光榮，讓這一切代替了失去他的悲傷吧。

三毛寫於迦納利群島

一九七七年五月三日《中國時報‧人間副刊‧海外專欄》

我進入另一個新天地。

我已於五月一日夜間安抵奈及利亞的首都Lagos。來了三天，住在何處，什麼街，什麼號都不知道，因為公司給荷西租的宿舍是在郊外叢林的旁邊，房子是很大很西式，內部一無家具，外面院子裏也只有野草。路是有的，都是泥巴路，走路出去要半小時以上才碰得見柏油路。我因沒有車子，荷西一清早便去上班，要到下午七、八點鐘才回來，所以尚未出去過，昨日曾想走路去搭公車進城，看見沙丁魚似的人擠得一塌糊塗，車外又吊著人，橫衝直撞，形如瘋狂大賽車，便知難而退了。

現住的一幢平房，租金約合八十萬台幣一年，這已是十分便宜的了，如在市區內，租金更不知要高出多少，我們對面已在建一幢西式兩層樓的洋房，造價約合一千八百萬台幣，這兒的生活，可能是全世界最貴的，如果不是公司配給宿舍，我們一月所得是不可能在此生活的。

前兩個月荷西寄信到西班牙給我，告訴我他有司機，有園丁，有傭人，有廚子，當時我以為他生活得如同帝王，心中頗為不樂，怕因此寵壞了他，現在我自己來了，才知道這一切都是必需的，所謂園丁，不過是個黑大漢拿個鏟子在園內東挖挖西挖挖（沒有種什麼花草）；所謂傭人，不過是拿條髒抹布，抹了桌子，又去抹廁所；廚子做出來的菜還可以看，如果去廚房張望，你便不敢吃了。司機開車如同救火，我自機場來此宿舍，不過短短二十多分鐘，竟然驚聲尖叫無數次（他要轉彎，便從安全島上橫過去，地下有大洞，他就如自殺飛機似的往下衝，再彈出來，有路人擋在車前，他就加速去壓死他）。家中髒得不能下腳，我來了之後，總得整頓一番。

才來了三天，我的錢掉了兩次。洗的衣服晒在浴室裏，尚未乾，便失蹤了。預備夜間給荷西和同事吃的晚飯，回房打個轉，便少了一半。其他飲料、麵包、牛油都得上鎖，啤酒一箱買回來，第二日便只剩下三、四罐，這都是傭人和廚子的傑作，我現在只有拉下臉來，一個一個叫來和氣的「審問」，他們都承認，是拿了，是吃了，我為了安撫他們，各給十個奈拉（奈國錢幣，約七十台幣），說好以後不許「拿」，如要吃，要先問過我。可是我一轉身，荷西的內褲又不見了，真是苦惱，總不能把溼衣服也鎖起來吧。這個國家的人很奇怪，來了三天，我對他們合情合理，各送禮物，他們卻當我是傻瓜，並不感激，目前我自己洗衣，煮飯，人還是留著，免得他們失業了要苦惱，只是做事全自己來了。

家附近就是叢林，昨日一度一個人走走，想不到都是泥沼，人要陷下去的，只有本地黑人知道怎麼走才不會掉下去。竹子很多，亦曾去找筍炒菜，筍沒有挖到，反被蚊子叮得一塌糊塗。蟻窩大如十歲的孩子高，不可接近，熱帶叢林生活實在不及沙漠有趣，植物亂長，野草叢生，亦不及沙漠有詩意，不過我還是喜歡到這赤道上的新國家來住住，亦是新的生活經驗。

此地人大半不穿鞋子（城裏當然不同，我是在鄉下住），女人只有一個胸罩，外面圍一塊布，大半是很胖很粗壯的，守夜人（我們每夜睡覺都有人守夜，因治安太壞）每夜和他的妹妹來睡在房外院子裏，昨日他妹妹為了見我，居然用了一個西洋人似的白胸罩，纏了一塊紅色夾金線的布，襯著黑亮的皮膚，有一種原始的美，可見世上到處都有不同的風景，值得欣賞。

我們在此，物質生活上是無可抱怨，冷氣每一間都有，食物每星期買一次，這都是公司付的，如要自己付，是不可能的。在這兒，每人都服抗瘧疾的藥，荷西來兩個月已患一次，我尚未得，希望以後也不要得才好。

現在這個宿舍是五個人住，客廳公用，每人有自己的房間，白天他們上班，我便預備飯菜，夜間回來一同吃，談談話，便睡覺。明日再有一個德國同事的太太由德國來此一同住，我尚不知是否能合得來，大家都希望分開來住，因為家庭生活與宿舍生活是不相同的，加上荷西與我的個性，都極珍愛個人獨處的時光，這樣大雜院似的住著實在不是長久之計。昨日我亦去對面新造房子問租錢，房東要一百二十萬台幣租一年，並且少於五年合約，他便不出租，這樣的價錢，公司是不會答應的，這兒的一切都是進口（他們出口石油），一條船，在港外，要等半年以上，方能卸貨，所以東西自然是貴得沒有道理。

荷西先來兩月，已能說簡單的英文，工作上的事情他都能應付、接頭，在我，亦是十分歡喜，過去他是學不會英文的，來了此地，逼著講，居然奇蹟出現，我自己又可複習英文，亦是有進步，此地過去是英屬，所以仍用英文。

此地一個工人所賺，約合六千到一萬台幣一月（不必做什麼太重的事），只是生活那麼貴，他們一月所得，能吃的也只是麵包蘸水，因此也難怪他們什麼都要拿，我是心軟，做了菜，總是先分給工人們吃，守夜的、傭人、廚子、守夜人的妹妹、園丁……這樣一分，自己便不夠吃，這個習慣不可再繼續下去。住在此地，心靈上要受很大的折磨，正如在印度旅行時一樣，你吃飯，窗外幾百雙飢餓的眼睛望著你一口一口吞下食物，這個吃的人，如何不內疚得生胃病？起碼我也吃不下去了！

此地人稱呼白人男的叫「先生」，稱我「夫人」，第一日十分不慣，叫他們改稱名字，可是荷西說，這萬萬不可，自失身分，他們便會得寸進尺，所以夫人是做定了。不過我對工人是十分合理的，才來三日，巫醫生意又開張了，工人手指出膿，我用碘酒替他擦擦，馬上好了，他馬上帶了許多朋友來塗碘酒。

昨日與工人談話（做家事的亦是個男孩，十八歲），他說希望將來跟去西班牙，我說，你表現好，不拿東西，要吃的，先問主人，那麼將來一定設法，說完了，我便去房內，一出來，早晨才買的麵包，整袋失蹤，叫來問，他坦承是他吃掉了，我忍耐地再說，不可「拿」（我們太文明了，「偷」字不敢用），他點頭說好，下午再去廚房，我切好的肉片又不見了，真是一天到晚耍捉迷藏，亦是辛苦得很，這個遊戲，我是輸定了。

這封信不知何時才能寄到您的手裏，請替我在副刊上發表這信，也好給讀者知道，我不是不寫，實在是因為距離太遠，郵政又壞（不能叫工人去寄信，他們把郵票撕下來賣，把信丟掉）。

沙漠最後一篇也在動筆了，只是剛剛來，心神不定，蚊子咬得很難受，又怕得瘧疾，所以還不能順利的寫。明日再來一個家庭同住，又是吵雜些、寫作環境更不好，只是我來了，荷西在情緒上會愉快許多，這一切都是為了他。

三毛五月四日

P.S.來信請寄西國地址，我們七月份會回去一趟（每三月離開一次），信寄那邊信箱我反而收得快，此地離迦納利群島約四千公里的距離，您還記得「比亞法拉」的戰爭嗎？便是在奈及利亞發生的，現在已不打了。明日有車，我便可進城去玩玩，自己是不能開車，交通太亂了，台北的交通比起此地來，簡直是小巫見大巫。

一九七七年五月二十四日《聯合報‧聯合副刊‧作家書簡》

你是我不及的夢。

車子抵達月牙泉的時候，一同進入這山谷的人都往水邊奔去。

駱駝全跪著休息了。

我趴在碎石地上，拍攝著一塊又一塊覆蓋在駝背上的布料，那被我稱做「民族花紋」的東西。

有聲音在一旁說：「這有什麼好拍的，不過是一些破布唄！」

我收了底片，彎下腰來抖散著髮中摻雜的沙子。突然抬眼，向那圍觀的人群燦然一笑。

玉蓮，那位將我馱進山谷裏來的女子，笑著上來問我：「姐姐不上山去？」

我看了看日頭，看了看眼前直到天際的瀚海沙洲，又看了看玉蓮，說：「好的。我們走走去。」

我束起頭髮，戴好帽子，蒙上口罩，慢慢跨上駱駝。

「姐姐拉穩，看站起來了。」玉蓮喊。

「不怕，沒事，」我說，「可以走了。」

玉蓮抓著駱駝繩子在我的前方行走。

「姐姐以前看過沙漠沒有？」

「看過的。」

「我看姐姐騎駱駝跟旁人不一樣。別的人來，把牠當馬一樣騎的。」

「那麼下地的時候就不好走路了。」我笑了起來。

我們穿過沙海，沿山丘的弧形稜線往上爬。駝鈴的聲音誄噹、誄噹在大氣裏迴盪。再遠的山頭上，兩三匹駱影，停在高處。

玉蓮說：「那肯定是日本人。」

「不去管日本人，」我說，「玉蓮兒，日子好過嚒？」

「可以。一天攢個十來塊人民幣。」

「那駱駝要吃掉幾塊呢？」

「駱駝不吃錢，」玉蓮笑了，「駱駝吃田裏的草——我們給種的。過了秋天，駱駝就吃乾刺。」

「能活嚒？」我說。

「別的牲口不能，駱駝可以。」

「你們夠活嘛？」

「我們一家三口，足夠活。」

「到了冬天沒有人來騎駱駝了，怎麼辦呢？」

「我們是——攢的錢省省的花。加上六、七月田產出來了，麥子磨成麵放起來，冬天不用愁的。」

「妳愛人呢？玉蓮。」

「愛人在家抱娃娃。」

「不出來索駱駝嗎？」

「他並不會拖人。一個客人都拖不到。只知道看看。站了一天到晚的——」

「妳是心疼他，才這麼說的。」我說。

「他真的是不會，」說著玉蓮噗的笑出來了，「哄娃娃事情也怪多的。」

「玉蓮結婚幾年了？」「兩年多。」
「一個娃娃？」「嗯。還想要一個。」
「不怕罰嗎？」「不怕。三個就不可以了。」
「不是罰很多錢嘛？」「沒關係。娃娃好。」
「玉蓮你們是農民？」「噯，算是農民。」
「也養駱駝？」「小駱駝不好養，是去買現成的大駱駝來的。」
「向誰去買呢？」「我愛人和他的爸爸，向少數民族那邊去買。一條一千塊，要索三天三夜才回來。那邊一個叫墟北的地方。」「駱駝老了不能再為你們賺錢，你們拿牠怎麼辦呢？」
「我們——就養牠。姐姐騎的這條才兩歲多。」
我們往更高的稜線上去。
「玉蓮，」我說，「妳乖，叫駱駝跪下，我下地，換妳上來騎著玩兒好不好？」
玉蓮吃了一驚：「不行的。不行的。姐姐是客人。」
「行的，行的，妳上來。」我咯咯的笑了。
「不行的，不行的。」

「那我就滑下——」

我們在高高的沙崗上嘻笑起來。

路，愈走愈陡。大漠平沙全在腳下了。

「累唄？」玉蓮看了我一眼，我搖搖頭。「累了姐姐也下來走走。」玉蓮又看了我一眼。

「不累。倒是妳。一心一意，只想把妳給弄上來，讓我給妳索一回駱駝。」

「不行的，」玉蓮聲音裏有些東西摻進去了。

「好。那我也不要再上去了。」

「那我們回去？」玉蓮再度迎面向我。

「嗯。去妳家裏好不好？遠不遠？」

「好的，」玉蓮立即轉了下坡的方向，「就在不遠的綠洲裏邊兒。姐姐來早了，要是六月的時候來，田裏都是吃的。」

「不妨。我們快去吧。玉蓮叫駱駝跑唄——」我們由山上奔跑下來，弄起了漫天塵埃。

「啥？」停車場的人喊著。

玉蓮紮好駱駝，說：「這位姐姐跟我家去。」

她索出了一台自行車。

「姐姐，我這就騎了。姐姐，跳上來，不怕摔。」

在那高高的白楊樹下，玉蓮騎著車，我斜坐在後座，穿過了一排還沒有全上芽的樹影，往她那綠洲裏邊兒的家園騎去。

「我們去年分了家，也就是說，裏裏外外全都分了。田產、收入、房間、爐灶都給分了。我們一家三口算是小家庭，現在姐姐妳去的地方是個大房子，我們分到好大的兩間房。」

我抱住玉蓮的腰，把頭髮在風裏打散了，空氣中一片花香加上蜜蜂的嗡嗡聲。是一個涼涼的春天。

「姐姐，我還有電視機，是公公買給我們的。不過是黑白的。彩色機太貴了。」

「玉蓮妳公公婆婆好。」我說。

「是啊。我愛人也好。娃娃也好。」說著玉蓮跳下自行車，過了一道流著活水的小橋，指向那不遠的大圍牆——數十棵合抱的粗細杏花深處的泥房，說：「那就是我的家了。」

從玉蓮家裏出來的時候，我的手上多了一條大洋紅色夾金邊兒的方巾，是玉蓮從電視上一扯扯下來，硬要送給我的。

玉蓮的公公婆婆送到門口，見我只喝了糖茶而不肯留下來吃麵條，有著那麼一份不安和悵然。

「姐姐趕車回敦煌急呢。」玉蓮說。

玉蓮的公婆對我說：「下回來家，就住下了，鄉下地方有的是空房。吃的少不了妳一份。六、七月裏來，田裏蔬菜瓜果吃不盡，還有杏子。」

我向兩位家長欠身道別，對玉蓮說：「妳這就做飯不用送了。我跑路去趕車行的。」

玉蓮又去推她的自行車。

她那站在葡萄架下的愛人，手裏果然抱著一個好壯的男娃娃。玉蓮愛人老是笑著，不吭氣。

穿過大片薄綠的田野，穿過那片黃土地上開滿著杏花的樹園。我們上了橋，渡過溪水。又得離去了。

我望著村落裏向那長空飄散而去的一絲炊煙，把鞋子在田埂邊擦了擦，笑看著玉蓮，說：「不想走了。」

「有這麼好嗎？」玉蓮吶吶的說。

我摸摸她紅蘋果一般的面頰，輕聲說：「好。」

「我們的日子就是清早起來做做田，晚上天黑了看看電視，外邊兒的世界也沒去過。」

「外面嗎？」我嘆了口氣，說，「我倒是有一台彩色電視機，就是沒有裝天線——」

我推著玉蓮的自行車跑起來。

「玉蓮你們夫妻不吵架？」

「我們從來不吵架的。」

「你們這一大家子十四個人又吵不吵架？」

我們正在薄荷一樣清涼的空氣中，踩過一地白楊樹的影子，往停車場騎去。

我們跳下車子。喘口氣，笑一笑。

「你們為什麼總也不吵架？」我說。

玉蓮被逼著回答，才說：「公公是佛教協會的。」接著又說：「公婆人好，大家就和氣。」

「玉蓮妳也好。」我看了她一眼，忍不住輕輕轉了一下她的帽簷。

汽車來了。一時也不開。

我還是上車了。

玉蓮靠到我的窗口邊邊來，說：「姐姐妳要是再回來，早先來信，肯定住家裏了。房子好大的，這姐姐也看見了。家裏東西吃不完。我們日子好過。也不吵架。如果六月來了，田裏瓜果滿地都是……」

我手上紮住了那方玉蓮給我的彩巾，在那奔馳駛過大戈壁、奔向柳園趕火車去吐魯番的長路上。我再看了一次玉蓮公公給寫清楚的地址，我拿出小錄音機來，重複錄了兩遍玉蓮那家園的所在。

又說——今天是西元一九九〇年四月十三日。我在中國大西北、甘肅省、敦煌、月牙泉。

玉蓮，妳就是我所得不到的夢。

一九九〇年六月《講義》

戀愛中的女人。

思想起祖先艱辛過台灣　彼時木船渡烏水　海中漂泊心中苦　烏水要過好幾層
神明保佑祖先來　台灣變作好所在　台灣不知什款樣　海水絕深復且黑
為使子孫有前途　遇到颱風捲大浪　海底不要作颱風

三百年後人人知我知道，真的知道，不要喊，不要叫，不要騷擾自己本已雲淡風輕的心情。

不要動心，一點也不要為任何事情失足千古——即使是愛情，也不要去想；任何一種愛情，都愛不起了。

可是，六月二號的晚上，當我，聽見陳達先生的〈思想起〉在中華體育館內彈唱出來的時候，為什麼，雨也似的淚水，瀑布啊的奔流了出來？為什麼，看見自己，在那個舞台上，化為舞者，化為雲門，化為船，化為鼓，化為嬰兒，化為大地化為嘩一下拖出來的那條血布和希望？

笑吧哭吧鼓掌吧，還能做什麼？

也不是在分析，也不是在看基本動作，也不看畫面結構，也不想編舞剪裁，也不是服裝設計，也不認那一個個舞者是誰又是誰，因為全看見了，又因為全沒有看見，因為已經活入忘我。

一百分鐘怎麼如同一霎？陳達不是死了嗎？渡海紮的是一艘艘紙船，巨石是保麗龍做的，林懷民呢？不就是當年那個寫《蟬》的少年？

最恨在任何場合動不動就唱國歌和梅花，最討厭喊什麼什麼萬歲的口號，最受不了天天愛不愛國又愛不愛國，最不肯在口頭上講仁義禮智國家民族……因為聽夠了背書，看夠了言行不一致的偽君子。可是，那又是多麼的自自然然、心甘情願、不知不覺，當，「山川壯麗，物產豐隆……」這條歌在結束的那一霎間，擴放出來的時候，我，也是我，站了起來。

不能鼓掌了，真的，再不能拍手，如果抑制這種個性如我——不要出聲，自己才是無恥的偽君子，只因為——沒有誠實的勇氣。

尖叫起來，狂叫起來，喊出心裏壓不下去的興奮，喊出悲喜交織的那股狂流，喊呀，喊吧，管他去死，管他別的人如何當妳瘋子，管他什麼鬼，要喊，要喊，要喊：「雲門萬歲！陳達萬歲！阿民萬歲！觀眾萬歲……」最後，狂人一般的；就是一個瘋子，喊出了：「中——國——萬——歲——」熱血奔騰——熱淚狂洩——好傢伙！我要妳這個樣子。

坐在旁邊的金陵女中的孩子，遞過來一條手帕，左邊穿工裝褲的另一個女孩，推我的肩，哀叫著：「三毛，不要叫了，不要叫了，不要啦，求求妳……」她也哭了。又叫：「三——毛——說——的，雲門萬歲！中國萬歲！萬——歲，萬歲——」人，散了，鄭佩佩經過我，叫了一聲：「三毛！」我，對她笑笑，靠在椅子上，不能動彈。

這一生，在眾人當前狂叫過兩次。一次，是丈夫棺木上被撒上第一把泥土的那一霎。第二次，在台北市中華體育館。

不，這不是我第一次看雲門舞集。

這當然是情感的發洩，這也是熱淚，這不是濫情——你當心，如果你這麼說，我要打你。

為什麼這一陣來，心裏那麼飽滿？為什麼心裏漲滿了想也不敢想的幸福？只因為剛剛從台南做了兩場筋疲力盡的演講回來，只因為我心愛的華岡孩子；男孩、女孩，在學期快要結束的前一陣，一針一針合力在縫一條花花綠綠的百衲被——送陳老師夏天的遠行。只因六月一日的下午，自己將自己送到台北市師專附小五年一班，接受全體小朋友要求的訪問，只因為生平第一次在小學生的面前講過一次話，只因為看見長大了的小學生——雲門人，跳出了一個活活的中國。只因為，自己十月還要再回來。

這麼多只因為，只因為，難道這個「只」還不滿、還不夠多嗎？夠了，真的，夠了，可以含笑而不死。

到了台灣來定居　手指搬推隻隻破　要留後世好議論　不知後世心何樣　地方開墾要給你石頭大粒樹又粗　隻隻血流復血滴　今日開墾後世福　阿公阿爸不時叫　子孫日後好豐厚

雲門舞集台北市南京東路四段一三三巷六弄二號六樓。電話：七一一三九六七，七一二二七三六。

為加強對觀眾的服務，請您詳細填滿本卡各欄，並放置於售票處或寄回雲門舞集辦事處，以便讓您提早知曉雲門最新訊息。

填了，帶回家來用心的看了填了。

「用心的看」，看到了許多年前的阿民，看到了那個千年前的一個夜晚，看到了那個夜晚的一張一張急著談、談、談、談的臉孔，看到了阿民的家許博允樊曼儂李泰祥陳學同徐進良溫隆信……看到了一個剪短髮不大說話的女孩子，聽見她大聲說了到場的唯一的話：「這麼無聊的談個鬼，不如回家睡覺，明天清早騎腳踏車去打網球。」看到她走了，一走走到撒哈拉沙漠去。看到了當年和現在，看見了今和昔，看到了山川壯麗，物產豐隆。也看到了《漢聲》雜誌的那個吳美雲，聽見她對我說：「我不走！愛死這片土地。」看到阿民在當年的美國新聞處的第一次講演，看到了雲門的成立，看到董陽孜的字，看到洪通、吳李玉哥、楊麗花、史豔文、朱銘……看到紅豆刨冰、彈珠汽水、青草茶缸、蚵仔麵線，還有，那個唱客家山歌口口聲聲喚心肝的少年郎。

又看到飛也似拉過的畫面；看到高樓大廈、車水馬龍、高雄加工區，國際藝術節，手拉著手的男女高中生、阿公阿婆一同遊香港……看到學校訓導主任笑著開舞的舞會，看到台南市滿牆滿城的兒童畫……當然，也不是視弱的人，也不是只看到了這一個角度，可是從雲門的大結合裏，看到的偏偏是這些。同樣有淚，那不是憤怒失望的淚水。

看到啊——當年的每一個老朋友，從此再不相聚夜談，總是匆匆擦肩而過，交握一下手，一個幾秒鐘的擁抱，都是奢侈了。

當年談夠了的我們，都在做啊做啊做啊，我們沒有時間再去談話。

「感想與意見。」

雲門舞集請人填卡片的最後一欄。那麼一點點空白留給「感想與意見」。雲門，雲門，我不能長話短說，只因為，是你們，是六月二日的你們，使人看見的不止是那一條終場時嘩一下拉到觀眾席上來的那條血紅色的長帶子。不是完全不懂藝術評論必須的眼光、學養和敏銳，可是，不要分析，就要雜七雜八的東扯西說，無話不談，說給你——雲門聽，說，我看見聽見了那麼多不屬於舞台而由舞台延伸給我的今夜。讓我告訴你，這不是習慣性的愛國；只因我是中國人。讓我告訴你，如果我是一個西班牙人，一樣為這樣的一群人而瘋狂，一樣熱淚奔流的狂叫：「萬——歲！」管他是哪一國人呢？管我是哪國人呢？一樣愛這個看似雜亂無章，其實也是雜亂無章，而又有道有理、有血有肉的土地——它的名字叫做中國。

當心，如果你說你不愛中國，管你是哪國人，我要打你。

在台灣，我也知道；自己是不美麗的，因為美麗的女人，隨她是不是寡婦，也會有人追求的，對不對？那麼多的來信啊！小山一般從報館、雜誌、學校，直接寄來家裏，間接送去父親辦公室裏的一封又一封來信，那麼多啊，為什麼只叫一個人去演講而不給她一個單純的約會？是人，一個女人，請我去看一場電影吧，告訴一個人，除了知道文章和講演以外，有時候，她也想做一個女人，被人邀請一聲——妳是美麗的，請妳答應我一場約會，算做對妳的讚美吧！

雖然，你知道，我還有更重要的事情要做，無法答應你，可是，在我的心裏，會感激的；感激你也瞭解我想做一次女人。

六月四日的日曆上，這麼寫著：「和建國中學孩子一同買團體票，再去看一次薪傳。」

是這麼寫的，美麗的一天，不會忘記它，因為，有一個十七歲的男小孩，在買票的時候，想到了一個七劃的名字，約她和另外十九個小孩子一同去看雲門。

那是我在台灣的第一次華麗的約會，雖然，孩子口中所喊的，是「三毛姐姐。」

謝謝你們，建國中學的孩子，謝謝你們，我也曉得，你鄰家一女中的孩子個個都美麗，可是你們約了一個不美而又早生華髮的陳姐姐。又多麼瞭解這個陳姐姐，帶她進雲門。這麼聰明的孩子，有一天，願意我的姪女兒們，會做你們當中一兩個人的妻子。別忘了，在雲門二十週年的時候，約她們去看不死的雲門，那樣，做姑姑的，追打著人也要她們嫁給你。

又去了，又去了，又沒有時間吃一天唯一的那一頓飯，又去了中華體育館，看不厭的雲門啊！

聲音是啞的，因為六月二日的發瘋叫喊，聲音是啞的，因為六月三日在海洋學院講中國和薪傳的美，聲音是啞的，打著手勢指指自己的喉嚨笑笑的在藥房買喉片，啞得真高興的那種啞啊！

跟自己說，這是第二次入場了，狂熱過了，一生叫喊兩次也夠了，不要再叫了，不要再哭，不要跟自己說：「有救了！就是這樣的方式，不道學、不口號、不教條、不僵化、不狹窄、不迂腐……有的是打拚、努力、又遊戲又工作、又癡迷又認真的一群群好傢伙——」不要再跟自己喃喃自語了，冷靜的看第二次《薪傳》給自己一百分鐘別人在台上而我在台下的奢侈的休息，分析分析他們的組合，一場一場冷冷靜靜的看，不要再叫了；在散場的時候。

可是去之前，又發了瘋，打電話去皇冠雜誌社：「喂！弟弟，我是三毛，請問瓊瑤拍片子時候導演用的喇叭還在不在？」說一時找不到了，掛下電話，心裏一陣歡喜笑了。唉，戀愛中的女人。

還沒開場，年輕人擠過來要求簽名，低著頭，在膝蓋上簽，女孩子大喜道謝，接過去一看，愣住了，上面簽的是——林懷民。愣過之後又是更大的大喜，笑得跌跌撞撞的走掉。本來想簽全部中國人的名字；其實，也簽了。

又彈起來了；〈思想起〉，我，思想起那個幾乎可以算是餓死的「國寶」陳達先生，旁邊建國中學的男小孩，在黑暗中遞過來一條手帕。

唐山、渡海、拓荒、耕種、節慶、黃自的國旗歌——晚安——節目單上這麼寫著。

晚什麼安？點起的薪火；薪不傳，晚不安。雲門，雲門，你小看了自己。看了你們，晚不能安啊！

不能叫了，身體很不好，老毛病又發了，一叫要大出血的，不要叫，不要叫，鼓掌就夠了，鼓掌鼓掌鼓掌鼓掌——是誰在那裏叫？是誰在第一區第四排狂叫？是誰在：「萬——歲！萬——歲！萬—歲！萬歲！萬歲萬歲萬歲……」叫到眼裏的水、身體裏的血都流了出來，叫到不知道那是什麼沙啞的聲音夾在如雷的掌聲裏而不知舞台上的人聽不見——可不只是、只是為了雲門在叫，可是又為了什麼在叫？那一個被喚醒的靈魂啊！如果，你問我：妳旅行用的是哪一本護照？我要打你。這就是我的愛情——對中國的，管你護照上講什麼，就是愛死這片土地和人。當然，也愛西班牙，也為它血淚交融的狂叫過一次；在生離死別的時候。

恭恭敬敬的寫了一張宣紙裱好的牌子，拿到「雲門舞集」的辦事處去，白紙黑字不夠，四周給塗了紅紅的顏色在金邊的裏面。

等電梯上六樓的時間，來了一個牙齒十分藝術的女孩子，也是西方人常說的有「藝術骨」那句話味道的女孩子。我們對視一笑，上樓的人有好多個，她是上雲門的，錯不了。問她：「妳晚上在跳？」她又笑笑，點點頭。那塊用心寫的「意見和感想」，交給了她——用雙手，同時，很想向她鞠一個躬，那時候，電梯的門關上了，不用再上去，我的心，已經交給了一個她方。

「他們很累，我們去後台，再看一眼，不要簽名，就走，給他們休息——」帶著兩個男孩子擠進後台，看見臉上有著油彩的一個男舞者，很想抱抱他，卻只拉住了他的手，笑了一笑。

跨過兩個直挺挺死人一樣閉著眼睛平躺在地板上的女舞者，走向阿民，看那兩個男孩子握了一握他的手，我說：「走吧！給他們休息，明晚還有一場。」再跨過那兩個閉目不動的女舞者——知道她們是死了，活活累死的。這種累，我也明白，很明白落幕之後才倒下來的累死。

不用擔心，明晚她們會復活，會有白馬王子名叫一片土地，騎馬來，給她們輕輕一吻，就會醒的。

薪盡而火傳。　不滅的是火，燃燒的是柴。　柴是你，柴是我，柴是……請你用心細細聽，聽，是誰又在唱：過來台灣要經營　要飼子孫底肚腹　他日長大要報答　雙手挖土來耕田　子孫啊吾用雙手稻米番薯要收成　做人莫要忘源頭　阿公阿爸底人情　播田一區收三斗　扒土使你齊長大

一九八三年六月十四日《聯合報・聯合副刊》

戲外之戲。

——爲《棋王》戲劇公演而作

那天，去得稍稍晚了一點。走下新象藝術中心的階梯時，正好看到一個年輕人在報名。那張桌子邊貼著海報：「棋王歌舞劇徵求演員。」

站在略遠的距離看住那位年輕的報名者。他，一件長到膝蓋的大衣，質地很柔軟，可能是全棉的。走到他的身旁，看見了外套裏面恤衫的配色：鮮綠配海軍藍。

頭髮稍稍龐克，配著那鬆垮的長褲，正是個好看的時代青年。

報名處的小姐對他說：「你是二十六號，請下樓去等候。」

我對這位極懂得打扮自己的青年微微笑著，就先走了。

樓下應試的一大群人擠在屋外。另一廂，熱烈的正在講說「相聲」。不時有那麼一陣一陣笑浪，一波一波的傳到等候應試的那個角落來。

這一個角落的人也跟著笑，看不出應徵這回事對於他們來說，存在著太大的壓力。

輕輕推開鋪著木質地板的舞蹈室，看見了導演華倫先生、歌舞編舞華倫太太，看到了音樂大師李泰祥、棋王製作人吳靜吉，當然看到了那台灣的夢幻騎士——唐・吉訶德——許博允。

拉了一把椅子坐在評審的桌後，新象的李白琼遞上來一疊要寫評語的空白紙張。

今天的日子，不是自己的。歌舞劇評審的條件，是每一個應徵者當場唱一首歌、再跳一段舞。歌，屬李泰祥審得嚴，舞，自然是苐勞倫斯・華倫的眼光。我的參加，在那一個下午，與其說是評審，不如說是去看戲。那份心情，愉快得好似放假。

沒有過了幾分鐘，李白琼打開隔音的厚門，開始叫號。恍惚中，好似坐在戲院裏，而這場劇，即興短劇：人物單獨上場。

細看站在地板上的一個青年人，笑笑的，遞上一捲錄音帶，大概預備好了要配他自己的舞蹈。是個男孩子。

吳靜吉說：「請你先唱一首歌吧！」

那位應試者，咳了幾聲，清好嗓子，放聲唱了起來。有趣的是，在放聲之前，他講了一句：「我可是隨便挑一首的哦。」他騙人，騙得可愛。

唱呀……唱呀，他的聲音已經了然了，評審的一群請他停了，這個唱歌人好似意猶未盡，略略拖到一句唱完，才停止。

「現在跳一段舞看看。」靜吉又說：「你脫不脫鞋子？」

那個大男孩自自在在的蹲下來脫鞋、脫襪。音樂一響，人變成一把弓似的，雙手好似被一條無形的橡皮筋拉住，收放之間，充滿了張力——是個好舞者。比較之下，那唱的部分就弱了。這也是難的，又要人演、又要人唱，這都不夠，還要人能跳，三項俱全？又是多麼不容易。

當我看到茀勞倫斯・華倫站起來向這位應徵者示範幾個舞步請他跟著跳時，我猜：這個人，是入圍了。

臨走的時候，這位大男孩提著他的鞋襪，吳靜吉問他做什麼，他說，是文化大學什麼系的學生，接著又說：「我個人很喜歡舞蹈，可是父母反對——」

聽見他最後一句話，使我幾乎想笑出來，沒有人問他父母如何，他是問一句答三句。同時也使我想到《棋王》劇本裏一首歌，叫做〈錢是自由〉。在那首歌裏，男主角程凌一開始也是在唱著：「當我小的時候，我忘記了父母的期望，要做一個畫家……」

在中國，在父母巨大的期望中，大概沒有幾個父母希望子女去做藝術家。做孩子的，往往一生屈服在父母的期望下做人，而結果，就如作文簿子上最後必然出來的陳腔濫調：

「我要好好讀書，才不辜負父母的期望。」

見到那位——「可是我父母反對」的男孩子走了出去，我的心裏又浮出一點點心酸。

接著而來的是一位頭髮燙成炸彈開花一般的女子。這一個很厲害，穿著高跟鞋跳舞，一下前一下後，最後用右手把頭髮拍一翻，左手扠腰，扭來扭去的往評審走過來——直迫我們。那股風騷勁，十足是個好傢伙。她放。

這時候，坐在旁邊的許博允一直推著我，歡喜的喊：「妳看！妳看！這一代跟我們當年不同了。」

聽見許博允這麼說，看那開得如同孩子一般純淨的笑容，心裏再怎麼也怨不起他來。前幾個月，當他逼我改編《棋王》時，幾乎要哭出來。心裏對他又愛又恨，一直向自己喊：「有這樣一個朋友，妳還需要敵人嗎？」

又來了一個略略羞澀的女孩，一站好，眼神含情脈脈的投向李泰祥，輕輕的說：「我要唱一首大師作的歌。」這時，瘋狂的許博允立即插嘴：「什麼大師呀?!我們這裏全是大師吔！」那個女孩朝李大師一點首，開始唱。還在聽呢，身邊那個夢幻騎士又用力推我，說：「快看，快看，看李泰祥的表情——」我橫過視線，去找坐在那一端的「大師」。我們的大師，半仰著頭，半張著嘴，好似要笑，又陶醉在半笑的神情裏——凝固住了。

這一回，輪到許博允和我，悶著笑了個夠。李泰祥，這《棋王》劇的音樂靈魂，值得一看再看。

每當有希望入圍的應徵者表演結束時，茀勞倫斯總是站起來，不厭其煩的再重新做一次示範。她的丈夫：導演華倫，拍拍這位合作無間的妻子，笑說：「今天是妳的日子，去吧！」

我看著這一對藝術工作者，想到華倫夫婦在百老匯編導的幾個上演數十年的大型歌舞劇：《國王與我》、《窈窕淑女》、《奧克拉荷馬之戀》……心裏對他們又一度產生了感激之情。這一對夫婦，不看我們場地的貧乏，從去年那場大地震的當日開始，默默的為我們中國台灣付出了一次又一次的心血。如果不是導演華倫這麼的支持，那個劇本改編是我獨自一人絕對做不出來的東西。是他，給了我全然的幫助，也可以說，是他，幫我做掉了那麼多繁重的工作。而我們的信心，就放在這位經驗飽滿的藝術家手裏。

應徵者一個一個的上，男的、女的。每個人風貌不同，表演的手法各異，可是那份勇於呈現自己的意願，卻是相同的。注視著這一個又一個新生的一代，我的心裏漲滿了莫名的喜悅和興奮。就如同許博允所說：「妳看！妳看！這一代和當年的我們，有了多大的不同。」

的確看見了這份全然的不同，當年，我們沒有他們那份昂然的自信。我們摸索，摸索得漫長而艱苦。他們懂得立即掌握住自己要的東西，這，也許就是一個現時代的台北吧！

當，那位才十五歲的小女孩，站在評審面前吱吱喳喳如同鳥兒唱歌一般唱出了她優美又活潑的靈魂時，我的喜悅，幾乎就要化做那麼溫柔的眼淚，將這份鄉土的愛，對住這一個自己跑來報名，不請父母陪伴的小女孩身上，傾盡我歡喜的淚。

接著再來的是一次記者招待會。匆匆趕去，欣見聶光炎老師也在座，聶老師的燈光佈景效果當然是我們的視覺靈魂，不然這個一九八七年的大台北如何呈現在舞台上？微笑著向聶老師行個禮，眼光轉向那匹我們千挑萬選的「狼」——好小子齊秦，恨不能上去擁抱他，感謝這位好弟弟的參與。

那天，第一次看見齊秦的眼睛，在這之前的電視上，他老是戴著黑黑的眼鏡。他的那雙眼睛，用來注視女主角丁玉梅的時候，就該當帶著那一點點羞澀和憂傷，這個角色，非他莫屬。

那天，沒有跟齊秦說到話，一位美國記者跑上來攔住人，要我說，說最喜歡的台北餐館是哪一家。我的心只在《棋王》身上，餐館的事怎麼跟棋王混在一起問呢？她偏偏要餐館。

沒過了幾天，編本裏的另一個重要男主角的名字，使我們寫劇的急著又加了兩三首好歌。來者不是別人，劇中齊秦的情敵，居然得到了前師大音樂系主任、聲樂家曾道雄的肯於加入。他肯了，天曉得，曾教授也參加了！

看那廣告——《棋王》開始售票。左邊照片是齊秦，右邊又是個美男子、好嗓子——曾道雄。那份快樂，只有農夫大豐收的心情，可以比較。

這份大結合，正如蒂勞倫斯・華倫在記者會中輕輕說出來的一句話：「我們這些人，各做各的工作，如同一個大家庭一般，和和氣氣，盡力的做好自由中國第一場大型歌舞劇。」

就這樣，排練開始了，最累最苦的華倫夫婦、李泰祥、聶光炎老師，還有那批對戲劇熱愛的演員，日日夜夜，開始將一個不可及的夢，一步一步，走成現實。

而我們的小妹——張艾嘉，風塵僕僕的趕回台灣，她在做什麼？她做了《棋王》的女主角。看一看這批人的愛，看一看張艾嘉的參與，對於這場還沒有上演的《棋王》，我的心裏，充滿著期待和希望。

原著張系國，到目前為止還在美國，我們急切的等待著他的歸來。那時候，大家在中華體育館見面吧！這一場《棋王》的戲外之戲，其實對於每一個參與的人，都具備了多多少少的感動和教化……我們的心，是連在一起了。

一九八七年四月二十九日《中國時報・人間副刊》

讀書與戀愛。

如果人生硬要給它分割，那麼誰的半生，也是一座七寶樓台，拆來拆去便成碎片，所見的無非只是一些難以拼湊的顏色和斑紋而已。

不拆的話，的確是一座寶塔，我的自然也是，只是那座塔上去不容易，忘了在裏面做樓梯，倒是不自覺的建了許多欄杆。

二十歲，剛剛由一重重的濃霧中升上來，眼前一片大好江山，卻不敢快步奔去，只怕那是海市蜃樓。

好似二十歲的年紀，不是自大便是自卑，面對展現在這一個階段的人與事，新鮮中透著摸不著邊際的迷茫和膽怯。畢竟，是太看重自己的那份「是否被認同」才產生的心態，回想起來，亦是可憐又可憫的。

我沒有參加聯考進入大學，是兩三篇印成鉛字的文章加上兩幅畫、一封陳情書信請求進入當年的文化學院做選讀生的。這十分公平，一樣繳學費，一起與同學上課，一律參加考試，唯一的不同是，同學們必須穿土黃色的制服參加週會，而我不必；同學們畢業時得到學籍的認可，而我沒有。不相同的地方，十分微小而不足道，心甘情願的感激。再說，不能穿那種土黃色的外套，實在是太好了。

註冊的時候仍是艱難的，排了很久的隊伍，輪到自己上前去，訥訥地脹紅了臉，名單上不會印出我的記號，一再的解釋情況，換來的大半是一句：「妳等著，等最後才來辦理。」等著等著，眼看辦事的人收了文件，挨上去要繳費，換來的往往是訝然與不耐：「跟妳講沒有妳的名字，怎麼搞不清楚的？」好不容易勉勉強強收了學費，被人睇著冷冷的來上一句：「講人情進來的嘛——」那時候，雖然總是微微的鞠著躬，心裏卻馬上要死要活起來。

沒有講情，只是在給創辦人的信中寫出了少年失學的遭遇和苦痛，最後信中一句話至今記得，說：「區區向學之志，請求成全。」信寫得十二分的真誠，感動了創辦人張曉峯先生，便成了華岡的一分子。

好在註冊這樣的事半年才有一次，情況不大會改，但也是值得忍受的，畢竟小忍之下，換來的生活與教化是划算的。

那時候的華岡並沒有而今如此多的建築物與學生，校園野趣十足，視線亦是寬濶的，而當年的公共汽車也不開進學校內來，每天上學，必得走上一段適可的路，略經一些風雨，才進教室，在我看來，那是極佳的課外教育。

記得在入學的前一陣，院長慈愛的問我希望進入哪一門科系選讀，我的心，在美術系和哲學系之間掙扎了好久。父親的意思是念美術，因為他一生的夢想是做一個運動家或藝術家，很奇怪的是，他又念了法律。我沒有完成父親的夢，進了聽起來便令人茫然無措的哲學系。總認為，哲學是思想訓練的基礎，多接近它，必然有益的。

大學時代，回憶起來，是除了狂熱讀書之外，又同時投入戀愛中去的兩種唯二情景。那個年紀，對於智慧的追求如飢如渴，而對於一生憧憬的愛情，亦是期待付出和追尋。同學之間，是虛榮的，深覺本身知識的淺薄與欠缺，這使我們產生自卑，彼此比來比去，比的不是容貌和衣著，比不停的是談吐和思想。要是有個同學看了一本自己尚沒有發現的好書在班上說了出來，起碼當時好強的我，必然急著去找一找，細心的閱讀體會，下星期夜談時立即給他好看。這真是虛榮，而也因為這份激勵和你死我活的爭美，讀書成了一生的習慣，但卻不再為著虛榮的理由了。本班同學中，在書本上與我爭得最激烈的，便是而今寫出《上昇的海洋》與《長夜思親》的作者許家石。至今十分感謝他當年對我的一番恩仇。

戀愛嘛，那也是自自然然，花，到了時候與季節，必然是要開的，沒有任何理由躲開這自然的現象，只是入了大學，便更加理直氣壯起來。

其實，我從小便非常喜歡幻想，小說看多了，生活中少數接觸的幾個異性，便成了少年情懷中白馬王子的替身，他們或是我的老師，或是鄰家那個老穿淡藍襯衫的大學生，或是詹姆斯狄恩——影片《天倫夢覺》的男主角，或是賈寶玉，或是林沖，或是堂哥的一位同學……年齡不同，角色互異。這種種想像出來的傾慕使得平淡的生活曲折而複雜，在當時，是一種精神上的維他命，安全而又不可或缺。

進入大學之後，同學之間十二分的友愛，這是難能可貴的經驗，同學們近乎手足之情的關愛，使我初初踏入人群裏去時，增加了一份對人世的安然和信任。雖然哲學系的我們幾乎天天膩在一起上課、吃飯、坐車、夜談、辯論、閱讀、郊遊，可是彼此之間卻是越來越單純，好似除了書本及所謂的「人生觀法」以外，再沒有可能發生知識之外的化學作用。在那樣不知有漢，無論魏晉的日子裏，內心竟然隱藏著一絲絲欠缺與空虛的感覺。

我知道那是什麼。

缺乏愛情的寂寞，是一種潛伏的恐慌，在那種年齡裏，如果沒有愛情，就是考試得了一百分，也會覺得生命交了白卷，再說，我的學期總平均只有八十五分。

大二的那一年剛剛開始，我拿了一百九十元台幣的稿費，捨不得藏私，拿出來請全班同學在校園外面的小食店吃中飯，菜還沒有上來，門口進來了一個旁系的同學，恰好他認識我們班上的一個，雙方打了招呼，我們請他一起來吃飯，就在他拉著椅子坐下來的那一霎間，我的心裏有聲音在說——噢，你來了。

男朋友和買鞋子是十分相似的一件事情，看了幾百雙鞋，店員小姐不耐煩，追問到底要什麼花色式樣的，自己往往說不明白，但是，當你一眼看見一雙合意的，立即就知道是它了。可怕的是，視覺心靈上的選擇，並不代表那雙鞋子舒適合腳，能夠穿一輩子。

總而言之，那種燈火闌珊處的驀一回首，至今想來仍是感動的。這件事情不來則已，一來便立即粉身碎骨，當年不顧一切的愛戀和燃燒，是一個年輕生命中極為必須的經驗和明證，證明了一剎永恆的真實存在與價值。

奇怪的是，學業並沒有因為生命的關注不同而退步，事實上，我從來沒有不關注智慧的追尋，無論在任何情況下。

一直跟著這位男朋友——如同親人般的男同學，到大學三年級。隨著時日的相處，戀愛並不是小說中形容的空洞和不真實，許多觀念的改變、生活的日漸踏實、對文學熱烈的愛、對生命的尊重、未來的信心、自我肯定、自我期許……都來自這一份愛情中由於對方高於我太多的思想而給予的潛移默化。

結果仍是分手了，知道雙方都太年輕，現實生活中沒有立即的形式可以使這份至情得到成全。

離開台灣的我，在一年後，與這位朋友淡了音訊。

那是自然，是造化，也是最合情合理的一種結束，不能幼稚的視為是雙方的變心便作為一切分離的解釋。

相聚時的一切悲歡，付出得真真誠誠，而分別的事實又來得自自然然，沒有任何一方在這份肯定的至情中強求以結合為終場，在我看來，這是一種認知與胸襟，其中沒有遺憾，有的是極為明確的面對事實的成長。

回想起來，在那樣的年紀裏，這種對待感情的態度，仍是可貴的，雖然我也同時付出過血淚和反省。

那一場戀愛，若一定要用成敗來論斷的話，它是成功的，其中許多真理；書本中得不著的「直接真理」，使我日後的人生受益極多。

這篇文字，是寫我的二十歲，寫的是讀書和戀愛，其實，也寫下了造成今日中年我的一個基石。

一九八八年八月《當我20》（皇冠文化）

歡喜。

小時候被帶去戲院，別人叫做聽戲，我純粹是去看顏色，尤其是花臉出來的時候。我認為要是沒有繽紛的顏色，我們人生就不會這樣美麗。

我從小接觸到的顏色就是白色；白其實包括了所有的顏色。小學六年的時光所接觸到的只有白襯衫、白球鞋，大不了一塊小小的藍是學校和班級的符號。那時候，我非常喜歡那片大操場，每天下課，走進那片土黃，就覺得好快樂。當時我並不懂得這就是大地的厚實，還只是為了喜愛一塊黃色，一片色感罷了。

快要畢業那年，我忽然發現居然還有紅色在老師的嘴唇上。我期待著，盼望自己快快長大，讓我的嘴巴也能塗上口紅，變得鮮豔美麗。

這三個對色的印象幾乎就是永不能忘懷的童年。到了少女時代，我的衣服是單色的，除了米色、白色、咖啡、灰以外，沒有其他的顏色。當時，女孩子只知道要素雅，並不曉得配色，以為素雅就是美。現在想起來，才明白青春是不需要顏色來裝飾的。

我喜歡一系列的色調，其實都是哀傷的色調，屬於秋的顏色。我絕對不會要單純的原色，如鮮紅、濃綠、明黃。因為少年不知道人生的滄桑，所以喜歡的盡是哀傷、強說愁的。人家問我喜歡什麼顏色，我便說喜歡所有秋天的顏色，尤其是秋香綠。

至於房間的裝飾，那全是沒有概念的，隨便怎麼裝飾就怎麼住。到了二十多歲，還是脫不了用配色的框框，像米色配咖啡、黃配綠，跳不開傳統的方式。直到有一天，我突然發覺，所謂配色是你猛一看它並不相配的，穿上身子卻配了，這才繽紛了起來。我開始懂得一種雜亂之美。

從前，我不能忍受台灣被子的大刺刺的花色，覺得好土好土。但過了二十年後，回頭來看中國的東西，覺得古人真是比我早知道了幾千年，而我現在才曉得呢！柳綠配桃紅，蘋果綠配雲藍，橘紅配寶藍，白配墨綠……這些顏色都是我不會配的。

當我到了西方，我看見他們那麼穿，起初仍不敢接受，接著自己慢慢融進去了，再回頭來，我才發覺中國人在配色上比他們不知早多少年。

中國民間的紮紙人、紙馬，以及布袋戲的小人衣著，粗看很土氣、俗味。但是現在我曉得那是幾千年文化累積的繽紛。

這是我對基本色彩的看法，我不能說出來我最愛哪一種顏色。過去我會說，我喜歡白、喜歡黑、喜歡灰藍，但今天除了白色我一天到晚穿它外，其他都被淘汰了。我能說，我現在喜歡一種比較明亮的顏色，這種改變是因為一個人的生命裏，一旦缺少這種顏色的時候，你就會去找一個代表那欠缺的東西的顏色，來填補你潛意識上的空虛。

我住在迦納利島上的某一年春天，走過一片綠色的田野，當時樹還是枯的，剛剛發芽，我看到一家漆成淡粉紅色的農舍，由於那淡粉紅配在翠綠之中，看來實在是奇怪突兀的。但剎那間，我知道什麼叫做「詩」了。我望著那一溜淡淡的淡紅色從牆上過去，眼淚都激出來了。

另外一次是走過一個工人區，看到工人正在蓋一幢房子，他們蓋房子沒有請工匠，完全是自己動手，父親、兒子、親戚、好友大家一起幫忙。等過了幾個月，房子落成了，一樓漆成明黃，就像梵谷畫向日葵的顏色，加個白框框。第二層漆成鮮紫，又是白框框，第三層是桃紅。就在一個灰色的工人區裏，矗立了一幢這麼多色且活豔至極的三層樓房。荷西看了就一直笑；那顏色不搭配到令人嚇一跳，可是我看了卻非常感動。我認為他們像兒童畫一樣，把他們所有的驕傲，他們一生的血汗，在一個可以呈現給自己的時候，他們就用了兒童最赤誠最原始的色感來告訴你：我們多麼快樂，我們多麼歡欣。

回到台灣來，在迪化街、萬華一帶，我看到很多人家，他們的神桌上都點著一盞紅燈。我是個深夜逛街的人，走在寂靜的街道上，往往可以看見二樓或三樓的窗子亮出一抹紅光；在巷弄拐角停一個小麵攤，攤擔的販子頭上飄起兩只黃燈，上面還塗有斗大的黑字，這些在別人眼中也許是一種風景，我看到的卻是顏色的感動，驚喜與流麗。

跟顧福生老師學畫的時候，他一直教我畫素描，但我總是畫不好。我知道在素描上黑白兩色包括了幾千幾萬的顏色層次，但我到底還只是個孩子，我喜歡更具體的東西。因此，當老師說我開始能用色作畫，我立刻快樂起來，敢畫了。從小對色彩敏銳的我，在此得到很好的基礎。後來去了西方，在認識上更有了轉變，他們用色大膽，隨時隨地都可以接觸到他們的色感。在台灣則很少看到明快的色彩，我們畢竟是經過了戰亂流離。如果是唐朝的人，相信就不是一片灰色的世界吧。

顏色到底還是一種奢侈，當一個人吃不飽穿不暖的時候，是不會想到顏色的，我發現全世界配色格調最低的似乎要數瑞典人了，他們家庭的佈置喜歡用太陽的顏色，一屋子是金黃、桔紅，沙發、窗簾、地毯全是，又是用得極傖俗，絕不是像中國人那種具有民俗味的黃，他們相當人工化、西方化。後來我想通了，瑞典是一個冰天雪地的北國，他們所缺少的就是太陽光，所以需要用顏色來添補。可是反過來看非洲人，他們非要穿大紅大綠，尤其是死了人的時候，他們絕不能穿素色，這又是兒童畫的感覺了。瑞典畢竟是高度文化人，而非洲原始的人對顏色的色感只純然是種兒童的喜悅，他們除了顏色外就是音樂，都是直接感官的東西，不能再接受層次高一點的。他們穿大紅花衣，配在濃濃的森林、濃濃的熱帶，加上鼓聲，使他們生出一種氣氛，形成特有的民族色彩。

印度則有著神祕主義的色彩，和泰國相同，從袈裟到廟宇處處是一片明黃，這大概跟佛教有關吧。反觀我們的宗教信仰則是一種民俗，我們是要拜才拜，拜完了還是回來過自己的日子，沒有他們那種宗教的「明黃」。日本人沿用唐代的風采，我一想起來，就是一種日頭的味道、木頭的色，他們用色向來素雅，但小家子氣。日本的「能劇」中，演員穿得好繽紛，五顏六色，但那是凝固的，一如他們和服上畫出來的東西一樣，不如中國的活潑。就算他們已達到了藝術上的極致，但仍是模仿性的，沒有創意的。因為素雅很容易做到，繽紛則非常困難；單純容易，複雜而又調和就不容易了。其他如印地安、墨西哥等民族，他們的顏色真叫繽紛，顯現出他們還有生命原始的喜悅。而我們中國，到底五千年了，我們沉澱下來了，把這個交還給天地，讓天地去繽紛。

不論怎樣，色是我們生命的東西，連佛家講到人生的問題時，都說色在前，相在後，相是色造成的，人沒有膚色，花沒有色來襯托，形相就出不來。所以色實在太重要了，是代表歡喜，代表生命的層次。

一九八九年四月《談色》(心岱主編，漢藝色研文化事業)

關懷。

呼喚童年。

——記憶裏的關渡

那時候，我還是個初小的學生。

當時，我們是一個大家庭，家中住著四個堂哥、一個姐姐、兩個弟弟，當然也住著大伯父母和父親、母親。

我的三堂哥陳令，在當年好似很愛往鄉下跑，什麼地方都騎車去。那個小小的我，總也死皮賴臉的坐在腳踏車前面那條橫槓子上，要跟去。

堂哥陳令對於淡水河最是熟悉，暑假時，總有幾個中午，他騎車呀，要騎好久好久，跑到關渡那一帶去涉水。

我們不是去釣魚，我們去沙丘裏摸「蛤蠣」。

站在關渡的岸邊，並沒有固定的小船停著等人，可是在當時，河面上總有船划過，每當有船飄過時，堂哥就推我一下，我把手掌圈成喇叭，發聲狂叫——「船呀——船呀」叫出來的台語響徹了整條河水。

那個民間的船，自然就會過來，我們把腳踏車鎖好，平放在岸上，跳進船裏，那時候鞋子、襪子都已脫掉了。下面穿的是一條在學校打「躲避球」的黑色燈籠褲，短的。

船把我們渡到河水中間大片的沙丘上去。

也許是年紀小吧，回憶中，站在那片凸起來的沙丘上瞭望著河水，總覺得好似站在大海裏那麼渺小又那麼驕傲。

總是深深的呼吸，把空氣當成涼水來喝。那條大河，圍繞著我，乾淨的流過。我把光腳插到沙子裏去，拖地板一樣把它拖出一條條深深的溝來。

那時候，堂哥的腰上，紮著幾個打了洞的空罐頭，鐵皮做的。在那個美麗的時代裏，沒有塑膠的東西。堂哥說：「來吧！」我們就開始了。

跪在溼溼的沙地上用十指向沙堆開始進攻。每挖數十次，也許可以篩出一個蛤蠣來。每當得了一個蛤蠣，總像拾到了金寶那麼的歡喜。也可以說，比拾到了金子更高興，因為蛤蠣可以吃，金寶有什麼用並不知道。

只要那條靜靜的淡水河中，狂響起一個小女孩的尖叫聲時，那條河總也在烈日下一同歌唱呼應。

一個下午的玩耍成績並不算好，摸得到半罐蛤蠣已經極有成就感了。我的篩子是十隻手指，堂哥的一把篩子有點像豬八戒的耙子，只是小得多了。

並不在乎用什麼東西去挖蛤蠣，使人興奮莫名的，是那條在一個孩子眼中的「大河」。

夏日的微風吹著一束一束的陽光，把孩子的臉吹成了淡紅的，吹到黃昏，就變成一張淡棕色的臉了。

總是不厭的跪在沙丘上，東挖挖，西探探，不然坐著也好。只要看著那流水，心裏的歡悅，好似一片飽漲了風的帆，恨不能就此化做一條小船，隨波而去。

那時候，太小的我，沒有人可以傾訴這種心情，於是寫了一首詩，在學校交給老師看。老師看了笑著說：「淡水河真是美麗的，下次遠足，大家一起去。」

後來，從來也沒有遠足了。高小以後，總是補習、補習、補習。

許多年之後，有一個朋友問我：「妳一生中最快樂的時光，是怎麼度過的？不許想，馬上說。」

脫口而出：「是那條淡水河給我的。」

後來，我長大了，第一次約會，朋友問我要去哪裏，我說：「去淡水河，關渡。」

以後的很多年，只要回國，必去一趟淡水。那條河，不再是童年時的樣子，岸邊全是垃圾，河道也小了。

不止在淡水河摸過蛤蠣，同時也摸過螃蟹；那是在堤岸邊。都是堂哥帶去的。

許多許多年以後，堂哥帶了他的三個孩子回台灣來，我問他：「你帶孩子去了淡水嗎？」

他笑了，說：「那是屬於我們的童年，現在的淡水河汙染得那麼厲害，誰肯光腳去踏水呢？」

說著說著，那個小女孩響徹雲霄的呼喚聲又那麼清晰的在耳邊傳來。時光，很可以在記憶中倒流，如同那條唱歌的河，又一度慢慢流進我心深處。

在這種時候，噯，說什麼才好呢？

一九八七年三月十二日《中國時報・人間副刊》

重建家園。

——將眞誠的愛在清泉流傳下去

當我知道小紅屋已經完工的時候，心跳得很厲害，幾乎講不出話來。那邊又說：「說起小王子，修屋時真的盤著一條毒蛇，不過已經拿掉了，不要怕。」電話那端的巴瑞並不曉得，我不會看到那個家就要走的。還亂說是會去的。那邊說：「我們急切的等妳來，要看當妳打開自己的家門時，驚喜得發光的臉孔，喂，那是一個夢啊，完全不同了——」

放下電話，我呆呆的坐著，想到那條蛇，還有《小王子》那本書裏的對話，蛇對小王子說：「我可以把你送到比船更遠的地方去。」那條蛇，被拿走的毒蛇，應該留給我的。

事情是這樣的，本來我比較欣賞蘭嶼，後來沒有再回那個島，去了清泉。去清泉是為了看巴瑞——丁松青神父，那是第一次。後來再去了幾次，喜歡了教堂的廚子李伯伯尤帕斯和雪莉、慧珍還有許許多多青年山地同胞和清泉的那兩座吊橋與群山，結果就更偏愛那塊山區了。

寒假來臨的時候，瑞士的達尼埃弟弟和他的歌妮來台灣探望我，我們一同去環島旅行，第一站直奔竹東。

雪莉在清泉天主堂幫忙，是一個十分熱情的泰雅女孩子，她每見到我總是淒慘的狂叫著，然後沒命的衝進我的懷裏來繼續大叫。偏偏十分欣賞這種歡迎的方式，經過她那麼出自靈魂也似的嘶喊，全村的年輕人就知道陳姐姐又回來了。

到了清泉必然是大呼小叫的，尤帕斯見到我只是抿抿嘴不說什麼，可是我跳到他的身上將他抱著，如同雪莉一樣的尖叫。然後才去緊緊的抱著慧珍，兩人只是不出聲的笑，這時候丁神父才慢吞吞的張開手臂向我迎來。他總是會說：「尤帕斯將最好的香肥皂藏著給妳用，在妳的房裏。」

達尼埃和歌妮放下背包，問我：「妳在台北很少這麼瘋的，怎麼一來清泉山裏就不一樣了，很可怕呢，大家一直叫……」我說：「回家了，心裏很興奮。」笑得嘩嘩的，趕快去房間裏放東西，再拿起洗手盆邊的香皂用力聞一下。

總是吃了喝了講了，在教堂的吃飯間，這才對丁神父微笑，說：「我們去教堂望彌撒囉！」

一群人，靜悄悄的跪著，自自然然的跟天主親近，然後照例大家手拉手，輕輕搖晃，在黃昏彩色玻璃的光影中安詳平和的唱我們喜歡的聖詩。那一次，看見丁神父、達尼埃、歌妮、雪莉、慧珍、拜來、苔木和許多其他青年朋友還有我，這些人的手拉成一個環的時候，輕輕唱歌的同時流下了眼淚。都是我親愛的人，好不容易萬水千山的不容易相聚。

跳了一個晚上的山地舞，小睡了一會兒，去了村子。

一家一家去玩，山路上見面總有人和氣的打招呼，繞了清泉村，走到一個小坡頂上遠眺大霸尖山。其實，走過那家鎖著的紅磚房時，大家也就走過了，我停了幾秒鐘，一凜，從破了的窗戶裏去張望，裏面一片的暗，很破；打量建料，外面是磚的，屋頂是木樑加紅瓦。

「嘖！幹嘛不走！」達尼埃說。

我不敢響，這是一生拾荒生涯中的又一個高潮，有眼光，知道碰到了什麼寶貝，心開始急著跳。

不肯走，大家也都跑回來了，一同在破洞裏看老屋。

他們看屋的時候，我轉去看風水，屋前山谷下一灣清流，兩座吊橋，群山一路迤邐，長天碧晴如洗，輕風徐來，吹拂過站立的懸崖，對山天主堂遙遙相望，鄰家的花園裏開著一樹憤怒的野櫻，兩隻花母雞在近處啄食，砍樹的節奏若有若無的飄過……好一片景色——如——畫。

下坡的時候，可憐兮兮的追著丁神父，悄悄問他：「喂，好巴瑞，那幢小紅房子，是誰的？」他也不當心，大聲問別人：「破房子是誰丟掉的呀？」大孩子們馬上回答了，說主人在竹東做事，根本不回來了。我不敢再多講一句話，可是腦筋裏走馬燈也似的飛快盤算，幾乎想成了一個事實——那房子是我的。很怪怨丁神父那麼大聲的喊出來，如果……如果……他太笨了，如果別人搶去了怎麼辦……

一路走吊橋一路步子放慢了，只有拜來跟我走在一起，拜來是我心愛的朋友，他馬上去服兵役了，不防他搶破屋。這一霎間，看到遠遠丁神父的背影，立即明白了，對於這幢屋子，只有他，可能是如我一樣動心的人。

也沒再說小屋子的事，離開了清泉，一步一回頭的揮手，很沉默的。每一次走都怪安靜的。等到上車了，山谷才會變得朦朧又潮溼。那一次，達尼埃跟我換位子，說眼睛裏出水的人最好不要在山路上開車。

去竹東的回程上，還是吐了。對著山嘔吐。

達尼埃死陽怪氣的說：「那麼激動，還哭還吐呢，胃痛就不必來，捨不得嘛，就不必走。」

也不理他，吹著風下山，心裏對自己說：「總不好意思每次去都賴教堂，又沒個家的，不走又如何？」

環島旅行一路住小旅舍，三個人擠一個房間，夜裏總是拚命講話還有亂笑，講到從前的時光，講到三個人在迦納利群島和瑞士的日子，有時又一起掉眼淚，掉完了淚，大吃一頓水果，靠著就睡了。達尼埃和歌妮才來台灣一個月，捨不得分開，連睡也要擠在一起。

好不容易到了高雄，夜了，救國團的青年中心關門了，開車開到第十二天，全身發抖的累，堅持要住一次圓山飯店，固執的要住，弟妹不肯我請貴的，吵了好幾架，結果住了。在圓山，我們不好意思三個人睡一間，各拿了一間，他們夫婦睡，我一個人。

看著那個電話，忍不住請撥了竹東清泉。「喂，ECHO，那幢小紅磚房……」丁神父一接電話開口就如我料！嚇得死人。「巴瑞，慢著，那是我先發現的。」

「我們已經問了房東，他答應租三年，不過裏面沒有水也沒有電，如果修好了，神父修女們可以來避靜，我還沒有去請示會長，我想叫它『山地平安之家』，妳說……」

「平——安——之——家，像殯儀館的名字，再說，那是我先發現的，你住了清泉那麼多年，就沒看見過，是我，喂，喂，是我先的，你先不要開始做夢，這不公平，巴瑞，巴瑞，不要掛，我跟你講……」

他說：「妳也可以來住，將來。」

放了電話，怔怔的，達尼埃從陽台上跨過來，跳進落地窗，我嚇了一大跳，脫口喊出了巴瑞的名字。

「叫錯人囉！哈哈！」他敲敲我的頭。

「你想昏頭囉！哈哈！」我回敲敲他，然後親親他的臉頰，一如他十三歲的時候。

「跟巴瑞在搶一幢房子。」我說。這時歌妮也爬過陽台到我的房間裏來。我們不去餐廳吃東西，在豪華的房間內啃玉米棒棒當晚餐飯。

「妳瘋了，就是那幢門破窗爛的小紅屋？」歌妮說：「沒有抽水馬桶，妳受得了？」

「水大概都沒有，電倒不要緊，可以點蠟燭。」

「還要搶？」達尼埃說。

「要。巴瑞說我『也』可以去住，可是要搶全部，只我住，別人不可以住。神父修女住教堂，兩邊對山，教堂跟我每天打旗語，叫來叫去也不吵人。」

「望彌撒囉——白旗，吃飯囉——綠旗，跳山地舞囉——花旗，戒酒大會囉——黑旗，不要來吵我——沒旗，可以來吵我啦。」我拿一隻玉米棒一舉一舉的，很開心。

「ECHO，想想妳迦納利的家，比比看？」歌妮說。

「清泉，有我的人，泰雅的，不同。」說著就去洗澡了。

洗完澡兩個人都回房去睡了，對著圓山飯店那麼好的信紙，我拔出了筆，想到爭產事件，想，最好先去跟哥哥丁松筠告狀，又想哥哥總是偏心弟弟的，不如去跟台灣耶穌會的會長寫一封信，請他下命令，說丁松青神父不可以去管教堂以外的房子，要每天打掃自己的教堂才是好神父。可是耶穌會的地址也不知的；這麼狠的對待丁松青神父，也是不討天主歡喜的。

可是我要那幢房子。

「什麼，做一個閣樓？在小紅磚房的屋頂上？要做什麼，一個閣樓？」電話中神父又被吵得迷迷糊糊的。

「對對對，一個LOFT，就是它，我睡在上面，神父修女可以睡在下面。」

「我不知道，哪有那麼擠呢？又不同時入山的。」

「已經讓步了，可是給我一個角落放心愛的東西呀！我要一個閣樓，你看，已經不要全部了，請你請你，給我一個閣樓，請你……」

說著說著，想到《小王子》這本書裏小王子對飛行員講的話：「請你，請你，給我畫一隻綿羊……」神父也熟悉小王子，他夠聰明就該聽到那個微小的聲音。

旅行之後，達尼埃和歌妮背著兩把美濃的傘去了新加坡，機場灑淚而別不在話下。

他們走了，母親與我再一同捲回愛護三毛電話大進擊和「拒絕的藝術」裏去不得翻身。至於讀者來信，那是父親與我的加班工作。

清晨的曙光裏，在一張硬白紙上，用黑水筆慢慢的畫，一個人安安靜靜的畫，畫兩道山谷，一灣溪流，畫遠山，畫吊橋，畫一個圍著長圍巾的小王子坐在懸崖上，手裏握著一朵有著四根刺的玫瑰花，畫小紅屋頂上一隻斜著頭站著的狐狸，畫山上砍樹的男人，河裏嬉水的孩子，畫一個尤帕斯站在對山大喊：「來吃飯！」畫一個丁神父從山上滾下去找眼鏡，畫泰雅族的親人手拉手一衝一衝的在跳舞，畫一個擴音機在放蘇芮的歌，畫一個醉鬼四平八穩的躺在路上睡大覺，畫一個潘叔用大刀說要殺人或自殺，畫了好多木幹上長出的香菇……最後，左邊畫了一個太陽，右邊一個月亮，而小王子的那顆小行星，正對著他，在靜靜的天上閃爍。

鄉愁，如同鈴鐺一樣，細細碎碎的飄過來。噯，還忘了鄰家那一棵野櫻花呢。

畫好了，收起來，塞進抽屜裏，將牛仔褲摺摺好，丟進箱子，第二天，上飛機去了一別十二年而連一個夢也不肯回去的美國——瘦得太厲害了，想來是不大好了，豪諾醫生一直催我快去呢，他有雷射刀可以割掉我身體裏的七個壞東西。

在聖地牙哥，抱著一只中國炒菜鍋，投入馬丁森媽媽溫暖的懷裏——喊她媽媽，丁神父的母親。跟她說，巴瑞有嫌疑要一個破房子——搶我的發現，她怔怔的望著我，問：「妳不是有妳母親給的一幢小公寓，他不是有個教堂，你們搶什麼？」我說，搶一片土地的愛和歸宿和根和那聲雪莉見我時的狂叫與擁抱。媽媽慷慨的給了我一個石膏的塑雕——巴瑞做的一個人體。我覺得，這也不是土地，可是不無小補。算它是大地之母好了，又那麼瘦的。

回來了，塑雕藏在美國一個朋友的家裏，只怕一心軟，又帶回台灣交回給神父，畢竟那是他的心血。

也不找神父了，也不敢想小紅磚屋了，文化的學生是心肝寶貝，見了他們，仍是說著一個清泉生根的夢，他們笑笑，不知除了他們，原來老師對土地的愛，也是深厚的。

西班牙鄰居打電話來，說想我想斷了腸子，為什麼音訊全無。我說，那邊的夢已是過去了。

夢，便是夢才叫夢，白天忙忙碌碌，也不畫來畫去了。

帶回了丁媽媽親手焙烤的水果蛋糕去光啟社，給兩個為了熱愛中國長年離家的孩子，大丁神父看了蛋糕驚嘆說：「哦——」小丁神父那天帶了一群泰雅族的孩子正在光啟社唱歌錄影，這一巧遇，那個大嗓子雪莉也不管錄影棚，照例狂喊一聲——陳姐姐，衝上來抱住，拉過一旁的慧珍來，也緊緊抱住，自自然然的露出了真摯不移的愛和信任。他們，泰雅族，是一種真人，沒有可能不將那顆心交付給他們。這一切給人太多的愛，豐富了平淡的生命。

別以為泰雅族不驕傲他們的血液；別以為，你拿人類學去研究他們，他們便希罕；別以為這群可貴的歌舞編織的部落沒有敏銳的直覺，他們清清楚楚知道——直覺的知道，那一種心靈，是他們的同類。

尤帕斯在二月的時候慎重的翻出一本小日曆，說：三毛，五月桐樹花開了，我們去爬大霸尖山。卻不知，五月的三毛，在體力上已不及五十多歲的尤帕斯了。

丁神父是個慈悲的人，他說房子本來是我的。徐仁修去清泉，每一個泰雅山胞都對他指，指懸崖上的小紅屋，說：「你看，那是三毛的家，她五月五日要來，我們替她拚命趕工。」神父沒有再做夢了，他很安分。

水接了，電來了，浴室做了，唯一的一間房間鋪了地板放了日本式的低茶几，老灶留著，漏瓦換了，衣櫃買了，門窗換了，鏽鐵窗拆了個乾淨——我們不住籠子，牆上的裂縫補了，溫泉接到房子裏，石椿留在廚房，被褥也準備了，毒蛇從樑上拔下來，燈接了，可驚的是，山地鄉親合搬一個大澡缸過吊橋，給陳姐姐一個舒適的浴室，抽水馬桶不夠，居然挖了化糞池……

當我知道，連窗簾也掛上了的那一剎那，我的心，是碎了。家，是一個有窗簾的地方，而尤帕斯，正在屋前種一種小樹叢避蛇的樹木。鄰居說，如果三毛不會用老灶起火生柴，他們可以借一個瓦斯桶。

聽來容易，這一件又一件瑣事，是一袋一袋水泥揹過吊橋山路給搬上去的。朋友們跟著神父做工，沒有告訴我。

神父不知道，要工作得崩潰，記憶力嚴重喪失的ECHO是不再留在台灣了。醫生說：「妳可以在台灣開刀。」我笑了笑，要走，不要人探病和憐憫，要一個人去療小毛病，在最沒有親情的美國，只為了那兒沒有愛的重負。

耶穌會長沒有怪責神父，他知道，神父是為了一個急需休息的朋友，預備一間安靜的小屋。而夢想完成的時候，她卻回不去了。這也是天主的安排教人學功課吧！

對著丁神父打來的電話，我一直放心的哭，一直說：「為什麼拿去那條毒蛇？牠可以送我回到我的來處，那個比船可以載人去天涯海角更遙遠的地方。」

神父來了台北，一個好牧羊人，深知我的夢，我重建的家園，是暫時回不去了——連一眼也不能去看，只怕看了，拚死也不離開。其實，要死也不悔的，死得其所，心甘情願，在一個懸崖上對著那片深愛的人和山。

我的家，可以摸著泥土，踏踏實實踩著大地的家，是不能不割捨的了。唉，這也沒有什麼不好。

「巴瑞，世界上，最愛的就是父母手足學生和清泉，知道人生還有追尋、有學習、有分享、有興趣、有前程，而我，卻一直學不會割捨，難道割捨不重要嗎？難道它不重要？請你，我的神父和兄弟，請你幫助我，忘掉那幢小屋——而我不能，畢竟我也需要一些踏實而可以摸觸的實質，我要一幢小房子，一個家園，一份愛友……這在清泉……」

「妳說分享，ECHO，妳說了分享不要難過，小屋有用，它是妳的，健康了可以再回來，妳不會將它鎖起來不分給妳愛的人類，要如何快樂？那麼，將小屋開放，給那些莘莘學生另一個地方可去，給了他們吧……」

一時裏，我不再流淚了，我想到我文化的學生，還有千千萬萬個被學業壓死的學生，我的愛，我的小小的夢，可以分享，我的生命，可以延續；我不窮，我有一幢卑微的山林小屋，可以開放，分給一切在壓迫感下不得舒展的青年。

親愛的稱呼我陳姐姐的青年朋友，在學的、在工廠的、失學的、畢業了失業的、落榜的、上榜的青年朋友，在新竹縣五峰鄉清泉那個地方，有一幢叫做「三毛的家」的小屋，今後開放給你們。歡迎分享小王子的星空，在各位渴望回歸大自然的情況下，請各位利用這一幢我不能享用一日的房子，做為大家的家園。在那個房子裏，沒有舒服的床墊，只有木板地，可是這一切不是受苦，請各位嘗嘗硬板地的堅實，誠心誠意留下了給各位度假，我的家，不再只是我的，是大家的。

請社會人士不要利用這個建議只去觀光，我們要純淨的青年。以誠心對待山地的同胞，與他們做一個好朋友，讓人類的關愛，彼此交流。去了清泉，請在離開時將垃圾放在塑膠袋中背回來，不汙染環境，請在河邊唱歌烤肉，不要在小屋喧嘩終夜，請用完了三毛的家，打掃清潔留給下一次的同胞居住，請不要在我家的牆上刻字，請不要將硬紙丟在抽水馬桶裏，請用完了浴缸用去汙粉洗淨，請參加山胞歡迎各位的晚會，請不要拚命對著刺青紋面的老婆婆拍照，請用出自內心的愛去愛山胞美麗的心靈，請不要拚命鼓勵山胞一同喝米酒傷害彼此的健康，請住一日——無論二十三十個青年，湊一日五百塊台幣捐給山地青年俱樂部買他們需要教育的種種器材，請照顧山區的合作社，買買他們的日用品和菜蔬，請你，請你，請你，將三毛未盡的愛，真誠的愛，在清泉流傳下去——這是我們當做的，不是慈善。

更請你，當泰雅的朋友走出山區的時候，給他們一份小小的鼓勵和幫助，不要不認他們這一批泥巴做的真人。

這是我心愛的家分享給各位的條件，不再痛苦自己的離去，因為那個原先只為自己夢想的小屋，在這種處理上才有了真正的價值和利益。它是我目前最不捨的一樣東西，也許微不足道，但是對我，它已是全部的夢了。

新竹縣五峰鄉清泉，可以先到竹東，換小巴士——每日八班進入，要在竹東警察局用身分證申請入山證，很快的，五分鐘便可辦妥，請與丁神父聯絡，電話是（〇三六）八五六一〇二六，麻煩他為著天主對人類的大愛，再做一次付出。請一定放在心上，泰雅的青年亟待支援，三十個學生住一日，合湊五百元台幣給他們，是不是不為多？這又懇請丁神父的辛勞代收支配。不要以為付出的是去度假的人，事實上，清泉回報的教化和啟示，是無法以金錢去衡量的。去了，自然明白這個道理。

天主教耶穌會的好會長：謝謝您的愛心和瞭解，謝謝天主教對同胞的愛心。

不要忘了，丁神父喜愛核桃糖——他不肯獨吃的，尤帕斯身體不好，他相信維他命，山地青年需要友情的心和手，請給他們帶去。各位如果喜歡去住住三毛的家，請一星期前與丁神父聯絡——用電話。

家園重建了，蛇也拿走了，那個夢家，放了，不再遺憾，欣慰的明白了，小小的一份分享，很微小，內心卻是真誠的，而受益最深的人，是那個三毛。

註：公開丁神父的電話，曾經得到同意與認可。

一九八四年五月二十七日《聯合報・聯合副刊》

百福被。

快下課了，休息之後仍是另一堂「散文習作」。每週只兩堂的，很捨不得那麼短的相聚。

同學們就算下課也不散去，總也賴在教室，賴在我身邊。

那天眼看又是下課了還不散，就拿出一百多塊花花綠綠的方塊布和幾十根針來。同學們看了都圍上來，帶着八九分好奇——「是給我們縫的？」我笑著說是。女生很快去拿布配顏色，有人在後面喊：「老師給不給男生縫？」那當然啦！

縫著縫著又上課了，學生不放針線，老師開始誦讀一篇散文。全班的手指就管著手上兩塊布。同學們一面聽講一面做手工，偶爾有人突然輕叫或從牙縫裏吸一口氣，我猜是被針扎了手指。

華岡的高樓上開著四面八方的大窗，雲霧從這個窗裏飄進來，沾溼了我們的頭髮，迷一陣我們的眼睛，才從另一個窗口跑出去。我看著白茫茫大氣裏的好孩子，希望時間就在這一霎間停住。

下課的時候，收回來的是六十多塊成了長形的布。

又去了另一個班，六十塊成了三十塊大大的布。那時，師生已經快要分手了，只是學生們並不曉得。

再過一週跟同學們見面時，拉出來展現在班上的是一大塊彩色繽紛的拼花被；老師加工過的一幅布畫。

大家都叫了起來，很有成就的一種叫法：「這兩小塊是我縫的，不信上面還有血漬，老師找找看——」

男生女生的手法跟做作文又不一樣，女生綉花似的密，男生把針腳上成竹籬笆。

下課時，大家扯了被的反面，使勁拿原子筆去塗呀——塗上了兩百多句送給老師的話語和名字。做老師的覺著幸福要滿溢出來，也不敢有什麼表示，只說：「不要塗上大道理，蓋了會沉重——」

當晚真的拿花被子蓋著睡覺。失眠的夜裏趴在床上細讀一句又一句贈言，上面果然沒有大道理。一個美術系的選修生好用心的塗著：「老師不要太貪玩。」

後來朋友們看見這塊拼布，就說：「一百多個青年人給妳又縫又寫的，這種被子蓋了身體都會好起來的。」

的確是一種百福，可是離開了學生以後，身體和心情一直往下墜落，至今沒有起色。也跟同學說：要是死了，別忘記告訴我家裏人，那條滿佈學生手澤的花被一定給包著下葬，千萬不要好意給我穿旗袍……聽得同學一直笑，不知誰說：「馬革裏屍。」

其實也就是這個意思。學生實在是懂的，懂得有多麼看重他們。

這條百福被一直帶來帶去，國內國外的跟進跟出，以防萬一。

當年的學生，兩班都畢業了。

有一天黃昏回父母家去，迎面上來一個穿窄裙高跟鞋的女郎衝著我猛喊老師老師。我呆立在街上，怎麼樣也想不起這女孩是哪一班的。

「老師，我上班了，在一家雜誌社，妳看我寫的訪問稿好不好？」接過雜誌來翻了一下，笑著遞回去，說：「學用句點，逗點不要一大段落全用下去呀！整體來說很好的。」那個大孩子在說再見時有禮的遞上來一張名片，笑落一串話：「老師八成不記得我了，叫張藹玲，忘了吧？」

會是那個藹玲嗎？百福被上明黃的一塊底布，原子筆塗得深深的那句話：「老師，下輩子當妳的媽媽，看著妳長大是我的心願。學生張藹玲。」

而今摸著這塊百福被，覺著那一針一線縫進去的某種東西已經消失。它的逝去，是那麼的快速。是一群蝴蝶偶爾飄過一朵花，留下了響亮的喊聲：「我愛你。」微風吹過，蝶不見，花也落了。

仍然寶愛這一床美麗的被，只是這份心情裏面，有著面對一些紀念品時的無可奈何跟悲傷。總而言之，這床百福被已成了一場好時光的象徵，再好，也不能回頭了。

一九八五年九月《皇冠》三七九期

你們為什麼打我？

在我年幼的時候，以為世界上只住著一種人，那種人就是在我身邊打轉轉的人。他們或說北平話、或說閩南話。不然隔壁鄰居阿妹妹的一家講廣東話，對面建建的父母全家四川話。至於巷口的老周嘛，他用河南話賣菜。我家爸媽是雙聲帶；忽而寧波話，忽而國語。

這些人組合了我生活的全部天地，直到有一天，一個金髮碧眼的傳教士上門來拜訪。我一開門，他就對我說：「小妹妹，耶穌愛妳。」

我驚問母親：「耶穌我從小就認得，可是這個人是怎麼回事？」母親說：「他是一個外國人。」

從那時候開始，我的用語中多了三個新字。例如，當我看一本書叫做《黑奴籲天錄》時，我一面看一面說：「看，外國人對黑人多可惡，把他們當奴隸啊！」後來我知道了史懷哲，又說：「這是一個偉大的外國人，反過來去非洲做牛做馬救黑人。」當我在街上偶爾看見一個碧眼人在走，我興奮得幾幾乎要跳到他面前去大喊：「耶穌愛你。」那時候，我只會講中文，可是，我確定，只要講上面那句話，那種人就會懂。

後來我才弄清楚，外國人居然還必須分很多種，包括黑人在內，其實都是外國人。後來我又弄清楚了一步：如果有一個法國人，住在巴黎，那他口中的外國人，就包括了中國人在內。原來我也可以是一個外國人。

有一天，我離開了中國，回到外國去，做了好久的外國人——別人眼裏的。

回來後，發覺中國同胞以前用的什麼番人、番兵、番鬼、番婆以及夷人、夷疆這種字都消失了。洋鬼子也沒有太多人用，中共那邊有一陣稱為國際友人的，我們這兒乾脆白話到底——外國人。

外國人，是一種泛稱。

因為久不用中國話，對於這種母語特別用心去聽、去看，聽人家怎麼挑字講話。看人家如何排字寫作。

在許多場合裏，我假裝低頭吃菜，豎起耳朵專注的把別人一句一句話都給一同吃下去，再把合適的消化給自己。這樣就不會讓同胞笑我腦筋「阿達、阿達」了。

中國人講話時，凡是碰到大場合，那就不好聽。其中必有大道理，叫人點頭又點頭，不打瞌睡都不行。

中國人小飯館中一坐下，毛巾一擦臉，隨便講話那個鮮活才如珍珠似的落下來。

可是中國人講閒話有語病，光是「外國人」這三字就有如此這般含糊的泛指。我們來聽聽中國人講外國人怎麼講。

「這種麵包呀，吃一頓可以，再吃就吃不消囉——外國人的東西嘛——偶爾為之……」請問，泰國人是不是外國人，他們吃不吃麵包當主食？

「我說，外國人笨來稀的，哪裏好跟我們中國人比，嘿嘿……」笨嗎？聯合國裏那麼多國排排坐，請你指明，到底坐在左邊的還是右邊的是個笨傢伙？還是統統都笨？

「這種嫁外國人的事，多半沒有好結果，他們家族觀念淡——」請問有沒有看過《教父》這本書或電影，義大利人家族觀念淡是不淡？

「這種事情呀——如果給外國人在台灣碰上，氣也給氣死了。」好，如果現在我們把伊索匹亞的飢民全部請來台灣，他們是氣死還是笑死？

「哦——外國人好冷淡，下次再也不去了。」冷淡！你去過尼泊爾了？

「注意哦——去外國人家不可脫鞋子，你一脫，他們馬上拿出空氣芳香劑來噴你的光腳。」阿巴桑，妳說這話一定不認識隔壁的日本人。

我終於懂了，中國人隨口而出的外國人，其實是歐美人的泛稱。

我們中國人，是馬馬虎虎兩種生肖結合好朋友之後產生的民族，許多小地方自然打些馬虎眼。不過順口說話並不是兩國之間定條約，也不算生死大事。但是，如果我們講話，定義先弄一清二楚，那聽的一方很快就能明白我們講的是東家長而不是西家短，誤會就能減少。說得萬一含糊，效果必定朦朧。除非我們指桑罵槐，存心。

我們可以這樣講，試試看：「一般美國人住得相當好，不過大半都是分期付款得來的享受。」也可說：「德國人做事一板一眼，他們的出品我們放心。」又能這麼想：「嫁個西班牙先生也許幸福，樓上鄰居三小姐就是成功的例子。」我們不泛稱，我們明指國籍或人種。

這一來，外國人被一格一格分了類，精確性不能說百分之百——這些小格子裏的同國人又可分小格子。但整體民族性這麼一來就可分別了。不然，順口說說，一竿子打盡天下外國人並不公平。

說起一竿子打盡外國人，就有真打實例。有一年，在台灣「劉自然事件」：一個美國人一口咬定中國人姓劉的那個，偷看他的美國太太洗澡，把劉自然一槍給打死了。這個殺了人的美國人，沒有在中國審判，乘飛機走了。那一回，中國人把個美國大使館打得稀爛，我有沒有去，請不要問。

以上四度指定國家的名字，沒有泛指「外國人」或「外國」。

就在鬧事的那幾天，我有一個住在台北、熱愛台灣的國際友人，他當然知道中國人正在打美國人，卻穿了一雙木拖板，開大門，出來，走到巷子口外悠悠然的要去吃碗牛肉麵。就在那時，突然衝出來一群中國人，口裏喊著：「這裏有一個——」抓住這個黃頭髮的人就打個不停。我的朋友大驚之下，奮起抵抗，這不抵抗還好，一抵抗，那條腿就給打斷啦。

我去問候這個受傷的人，他尖叫呀：「——你們為什麼打我——為什麼打我——」

我敲敲他上了石膏的腳，說：「下次萬一我們再打某國人，而又不是打你這一國的時候，你要提高警覺。我們一衝上來，你就得用標準國語高喊——『先不要打，我是丹麥人、丹麥人，大丹狗的丹，麥子的麥，丹麥、丹麥……』」

一九八八年五月二十五日《聯合報・繽紛版》

我在路邊大叫。

——諫飆車

親愛的飆車弟弟們，請接納我對於你們這樣的稱呼。是的，一群弟弟們：那一群老是在往淡水去的路上，驚嚇著我的青少年。

上個星期天的傍晚，我經過內湖開車上陽明山，穿過後山公園下到北投，經過北投開往我心深愛的淡水小鎮看古董，到了夜間，不得不取道大度路回到台北來。

大度路曾經是一條我摯愛的道路，為著它兩旁的景色，為著那迎面而來的觀音山，為著那麼寬宏大量的名字，當然，也為著它那長長闊闊沒有紅綠燈以及任何彎道的一洩到底。那種，好似可以把生命也給它在這條路上跑個痛痛快快的飛揚心情。我，一個生活在人擠人、車擠車，老是覺得整個城市都壓在背上的可憐都市人，對於大度路，是由不得的愛戀上了它。

這種愛悅一條路的情懷，弟弟們，我相信在這份欣賞上，我們的心態是相同的。

就是在上個星期天的夜晚，我小小而卑微的白車子，就在一個恍惚裏，陷進了千軍萬馬般的機車狂賽裏去——那屬於你們這些弟弟的。親愛的飆車弟弟們，請原諒我這一個沒有經歷過戰爭的老百姓，在你們橫衝直撞蛇行急轉，同時拿去了滅音器的車陣在我車子的前後左右怒吼著，超速、包圍、突擊，加上緊急煞車、單輪跳躍的那場大戰裏，我被你們嚇得不敢快開、不能慢開、不知向左、不得向右，也不能靠邊停下來。我感覺到四面受敵，而我唯一保護自己的方法，就只有牢牢的緊握著方向盤，隨著千變萬化的戰況，躲開一隻一隻向我飛來的流彈，甚而眼睜睜就要出人命的那一霎，都不敢閉上眼睛。

穿過了大度路口，我在路肩慢慢靠邊停下來，我靠住車門，掏出一支煙來抽，我點火的時候，發覺手在發抖，我吸煙，手還是抖個不停。

路口聚著好多觀眾，也聚著生火待發預備再上戰場去大拚一場的英雄。路燈下，有人認識我，快樂的丟了車子，跑上來大喊「三姐姐！」我笑著答應了，手還是在抖。我向那位喊我姐姐的騎士遞上一支煙，替他點上了火，火花一閃的時候驚見那雙充滿著生命力的眼睛，那雙不戴眼鏡、明擺著一副「騎死了拉倒」的那種玩命反抗的眼神，如同刀子一般刺進了我的胸口。

然後，那個喊我三姐姐的弟弟，丟下了還在燃著的煙蒂，向我回頭一笑。在我走了幾步彎身把煙頭替他拾起來的同時，他跨上他的野馬，砰一下蹦進那如同流星雨也似的車陣裏去。

我盯住那個少年的身影追索，我又看見他衝回來，那時的他，沒有戴安全帽，沒有扣上那件黑襯衫的釦子，他飛過我的眼前，才丟給我百分之一秒的心神交會，在我狂喊出好似要哭出來了的叫聲裏，他已經不見了。

我發覺那淒厲的聲音是自己的，我發覺我站在路邊大聲喊，我的那句——小——心——呀——被四周的狂亂的吼聲溺滅了，而我，在這麼炎熱的夜晚，為什麼抖個不停？

飆車的弟弟們，你們的確嚇壞了好多輛開過大度路的汽車。開車的人不但被你們嚇得暫時癱瘓，也曾有一個人，被你們的行徑氣得就想從此離開這個國家，遠走他方，永遠不再回來。

就為了瞭解你們，就為了沒有跟你們產生過任何代溝，我，一個被你們族類稱呼過一次姐姐的人，在這一個話題下，跟朋友們做過多少次的爭辯。這只因為，我也曾是一個騎重型機車的人——那不過在這兩三年以前才停止了的。弟弟，我們來比一比車的種類，在海外，我騎的是本田BC九百五十CC機車，你們的呢？

許多時候，親愛的騎士弟弟，我知道你們不是存心為著破壞社會秩序而破壞，你們沒有想得太多，沒有想得更深，在你們意氣飛揚的時代裏，在這一個人口爆炸而空間不夠的都市裏，你們花盡了自己那小小的積蓄，夢想有一天，也跨坐在一輛機車上成為一個拉風的英雄。這種心態，並沒有任何罪過，你們選上了大度路，證明了這份好眼光，也並沒有錯。而這份青春的得以發洩，速度快感的無以言喻，沒有經歷過的人，是很難瞭解的。

親愛的騎士青少年，三姐姐一點也不道學，一點也不冬烘，一點也不會不分析你們飆車的心態就貿然的責備你們，雖然你們不但將許多人幾乎撞死、嚇死，三姐姐還是不怪你們，更不因此跟你們成仇，畢竟，青春的一切過程，在這一件事情上，也是能夠被接受的。

我不敢跟你們講生命可貴這種話，在你們飽滿的青春裏，講這些話，你們是不能瞭解的。只因你們太年輕，你們以為——死，只是老年人的專利，你以為哪裏會飆飆車就死掉呢。萬一，你對我說——「死也過癮。」我又用什麼話回答你？不，我不要在這裏跟你們爭辯，你們也不會浪費時間跟我爭辯，在這夜深人靜的夜晚，還不如去飆車，對不對？我也不必對你們再提起你們的父母。你會去飆車，你就不懂母親的淚為什麼一看到你又推了機車出門去發瘋就滴個不完。你在乎父母嗎？你矛盾得很在乎又很想不在乎，於是你也把這種矛盾，在速度的快感裏，矛盾的打發掉。

小孩子，瘋狂的一群群小子，你們能夠再深一層瞭解到，這種原先只是「玩嘛！」的行為，已經深深的傷害到了社會秩序的安寧嗎？你會一臉無辜的對我喊過來——「哪有這麼嚴重？我不過是飆車。」如果你這麼想，這麼說，我也不能深責你，我只能難過台灣太小，容不下你們這群實在也沒有什麼不對的野馬。

我一向欣賞騎士，也明白什麼叫做真正的騎士精神，親愛的機車弟弟們，我們既然那麼愛騎機車，那麼我們換一種方式好不好？我們要做就做第一流的騎士，我們每天把我們的馬兒刷洗保養得俊美清潔，我們把自己打扮得就如你所想要的那麼拉風——用你五顏六色的安全帽。我們可以成群結隊，以最優雅的姿態，奔跑在大路的靠右邊——我們不跟那些開車的非騎士去搶道，他們可憐，就放他們一馬吧。我們雖然個個深藏絕技，可是輕易不顯，那才叫做真人不露相。我們在限速內行車，再表示我們的修養又拉一次風。

當我們做了騎士，對街又來一批騎士時，彼此打個V字型的手式，代表「我們彼此欣賞，彼此愛悅，彼此在不戰中和平相處」。

騎士是高貴的，那我們就不做不高尚的騎士，更不要傻氣到將這件原本極單純的事情，變質為一項被他人用來賭博的工具。親愛的弟弟，你們被人利用了而不自覺，你們跟警察起糾紛，放火燒警車，這種行為不可能得到任何人的諒解，即使這一切的起因，只為了年輕。

騎車，可以叫它是一種運動。賽車，也是某種興趣的代名詞。這兩件事情，如果能夠得到一個好場地，一份嚴格的安全裝備，以上所寫的一切，都不會再有例如台北大度路、彰化彰興路或者屏東戰備跑道上的那種嚴重傷害社會的事件。

這些已經造成的社會傷害，不能把一切的責任推到飆車的青年人身上去。大度路不能跑，公路不給跑，那麼給不給這些騎士一個奔馳的場地呢？在一個場地還沒有提供的目前，親愛的飆車弟弟們，請你們千萬想一想，在這人口已經爆炸的島嶼上，我們禁得起這麼瘋狂的事情一而再、再而三的擴大嗎？請你想一想，再想一想，我們不要做社會的負擔，我們彼此退讓著生活也是一種騎士的精神，在不得已的情形下，請你不再去「飆車」而去「騎車」，好嗎？好嗎？我的弟弟們，不要以為只有你們在忍耐，在這擠滿了五十億人口的地球上，每個人呼吸一口氣，也都在忍耐中存活。

如果再有那麼一個星期天，如果我又被迫陷入飆車的車陣中去而進退不得，那時候，也許我會停下車來，像一個稻草人一般，拿著一支破雨傘揮打過去。我好似看見自己成了這個島嶼上的稻草人騎士，站在路邊又哭又叫的——死小孩，給我回家，死小孩，你要不要命，死小孩，你給我慢騎呀——死小孩——給我慢下來……我聽見自己的叫喊好似響過了大度路四周空曠的田野，我聽見那一聲聲呼喚有如狂飆般將我憂愛這片土地的身軀撕成片片，而眼前飛馳而過，怒吼而來的，是一輛機車、又一輛機車、又一輛機車、又一輛、又一輛、又一輛……

一九八七年八月五日《聯合報・聯合副刊》

我的弟弟星宏。

親愛的小弟弟：

自從收到你那長長的來信一直到今天，不過是一個月吧。我們通了三次信，打了一次長途電話，也每天在心中想念你。

當我第一次展讀你的長信時，正在深夜。看到你——一個少年的男孩子，因為全身骨折，已經躺在一個幽暗的房間裏四年半了，而你，沒有一個人可以傾訴內心極大的痛苦和憂傷。

在你流暢的來信中，我看見了一個聰明、向上，卻被命運作弄成這麼一個樣子的少年。你的筆調，一字一淚，其中沒有一絲人生的盼望和嚮往，只怪責自己拖累了愛你的父母。

在那封信中，星宏，你要求我做你的姐姐，這對我來說，是多麼的驕傲和快慰，只因為你看重我。星宏，在我的一生裏，並不習慣去認家庭以外的人做弟弟或姐姐。可是，今天，姐姐公開的答應你，今生今世，我又多了一個可敬可愛的好弟弟。答應了，就對你一生不悔。

在打到台南的長途電話中，我用台語和你的父親和母親說了好長的話。由他們兩位可敬的人身上，我看見了父母對你的深愛和關心——他們也痛苦，又為你病中的表現又疼又惜。

我的弟弟，在這兒，在以前的通信中，我堅持你需要一把輪椅，即使骨頭全碎了，即使用布條把你綁在輪椅上，也應當在三、五日之中，請母親推你出門去散散心，不可以長年將自己留在床上，那要悶出神經病來的。

我們的長途電話，就是在討論輪椅的事情。

這是第一步。

再說，姐姐最關心的還是你的心情。好孩子，我深深的知道，快樂在許多情況下很難立即得到，可是你的骨頭是全完了，你的思想和靈魂尚且知道如此的苦痛，可是，你還是一個有血有肉的人。孩子，再三展讀你第一封來信的那一夜，我趴在桌上任憑眼淚狂落。星宏星宏，姐姐也在與你同哭同痛，恨不能把全身骨頭都換給你。畢竟我已活過了豐富的半生，而你的生命，還有很長的煎熬。如果可以換骨，那麼即使我成了你，又有什麼遺憾？可是我能嗎？我能嗎？這個「不能換骨」，使我產生如此的無力感，我只有寫信給你、寄書給你、疼愛你、關心你，就只能做這一點點微薄的小事，來換取你的笑容。

而你的回信，卻說，收到信時，你哭了。這不是悲哀自憐的眼淚，姐姐明白，這是你多年的受盡折磨之後，一種被瞭解的淚，那麼，就去哭吧，眼淚可以洗去許多我們心中壓積的悲傷。

可是，弟弟，我不要你再哭了，雖然你有著全部的理由一輩子傷心下去，而做姐姐的，看見你身心都受到劇傷，是不能就此放下你的。

星宏，有關將來的事，我們暫且不要去想得太多，我要你快樂起來，這是目前最重要的。一個少年如你，你也有全部的理由去快樂，這件事情，說來好似勉強，但是，只要你有一顆知道悲喜的心，姐姐就要把快樂的種子一點一點種到你的心田裏去。

寄給你的書，想來是收到了，以後每半月就寄一本。如果你躺在床上胡思亂想而又悲不自禁時，請你，我的好弟弟，把心安靜下來，把自己的病儘可能忘掉，請把書本當成你的好朋友。這樣一個月兩三本，姐姐會慢慢給你有系統的寄書去，一點一點加深，十年苦讀之後，星宏，那時候，你的境界必然提升，你的胸懷，必然遼闊，你的見識，一定會增加許多，而你的人生觀，必然豁達。

星宏弟弟，其實我們很像，兩個難姐難弟，所受的學校教育都不長久，可是我們可以自我教育，有時候，甚而還可以利用本身遭遇的苦痛去面對一些身心健康的人所不能體會的萬般滋味。這雖是苦難，一旦你想通了人生，這些痛苦和挫折就成了上天給我們最大的禮物——雖然我們情願不要這個苦杯。可是，既然面臨的是逃脫不掉的餘生，那麼讓姐姐的我，暫時拉住你的手，在心靈上拉住你，直到你建立了那完整的自我與信心。在這之前，姐姐很固執的不願放下你。

聽說你在小學的時候，雖然骨碎了大半，必須母親抱送上學，可是你是個年年拿獎狀的好孩子。星宏弟弟，雖然在國一的時候你因全身骨碎而休學，可是由你小學的刻苦勤學，在小小年紀，不以身體的障礙而自棄，就是個堅強的好小子。姐姐，最敬愛不逃避挑戰的靈魂。

弟弟，在新年將近的這幾天，姐姐的心中最懷念的人就是遠在南部的你。雖然不能在近期內跟你見面，可是姐姐總有一天要去看你。你在來信中說，萬一見了面，可能叫不出「姐姐」這個字，因為羞澀。可是姐姐不羞澀，去了，如果碰觸你時，你不痛的話，讓姐姐輕輕的擁抱一下這麼可愛的小弟弟，至於你喊不喊我，又有什麼關係呢，我們彼此心裏親密就夠了。

新年時，你的家人團聚必然也帶給家中一些快樂，姐姐希望你也快樂。在這裏，姐姐特別送給你一句話做為新年的共勉。當然，第二本書又要寄去了。

星宏，我們牢牢記住──「永遠不向命運低頭，永遠永遠不低頭，做個勇敢的人。」等你的來信。躺著寫字手酸，就少寫些好了，而姐姐在夜深時，常常會給你去信。勇敢的好孩子，我們不能賴喔，今生今世，你幫我，我疼你，就這麼一同走下去了。

你的姐姐三毛上

一九八七年一月二十八日《中國時報・人間副刊》

六天。

如果遺忘像一把傘
就讓它隨風而去吧
當你赤足奔跑，在沙灘上
海，正升起千尋的狂喜
迎你而來
——方莘的詩〈練習曲〉

曠野是沒有人去的，那兒也沒有什麼路。

雖然夏天還在過下去，天卻已經涼了。每一次黃昏裏去散步，總得穿上毛衣，厚的那種。

風一向吹過高高的穹空，滿天的橘紅，將原野染得更是猙獰。一排排不知用來隔圍什麼的籬笆，東倒西歪的撐著巨大的落日，遠山黑漆漆的連綿而去，沒有盡頭。

今年夏天，我又回來了，從一個島到另一個島。住的地名，俗稱男人海灘，居民卻喊它哀愁海灘，只因這兒一年到頭的大風。

是為著渴想長長的路才回來的，雖然在這片野地上，實在看不出路的痕跡。

一串鑰匙鼓在口袋裏，雙手插進去的時候，總被金屬刺一下。很怕散步不當心，掉了鑰匙進不了家門，而散步和帶皮包卻不可能有什麼關聯。

常常由黃昏走到天黑，黑到海岬的礁岩在星光下成了一堆堆埋伏的巨獸，這才晃蕩著往家的明窗走回去。

出門的時候總是順手開燈。也有忘了的時候，開鎖進門沒有燈在迎人，就覺著天氣更加涼了。

前一天鄰居開車走過，叫說如果又去散步，到了野地裏要找找看，如果找到了野水芹，麻煩拔些回來送一把給煮湯。說水芹在涸乾的小溝裏。又說海邊住戶只一個人去了台灣，十幾家的野菜和草藥就都短了供應。

去散步也是為了省得鄰居太太串門子，九點十點才給散回來，那時她們正在洗小孩、煮晚飯，也就沒得戲唱了。

天不止是涼，也許因為風的緣故，吹得人簌簌發抖。小溝那邊得爬一段峭壁，平日是不去的。

沒有什麼水芹，到處蔓著爬藤的漿果。果子酸而多汁，吃到口裏會染紫牙齒。這是非常有趣的，尤其在夜路上見了來人，露齒微笑的時候。

既然鄰居說有水芹，便一面採漿果一面閒閒的在草叢裏翻。漿果的細枝是長芒刺的，刮著穿短褲的腿，一道一道淡紅色的印子。這裏根本沒有水芹。

就在那暮靄聚得緊密的草叢，半乾半溼的沼泥堆上，觸到了金屬的涼意——一個破鳥籠。翻了一下籠子，裏面吱呀的一聲喊，令我快速的縮了手，一隻活的籠子。它在叫。

身邊什麼時候掠過一隻大鳥，很大的那種，低飛著往人衝。肩膀快被擦到了，連忙蹲下來。那隻鳥往高空打一個轉，對好方向又直撲過來。沒啄到抱著頭的我，悲鳴著再來攻第二次。

「喂——鬼鳥呀！去——死。」一抓起漿果往牠丟，耳邊滿是大翅膀飛撲的聲音。

接著向天空丟了許多東西。

大鳥飛走了，四周顯得特別的安靜，背脊上一陣一陣的麻冷，還有，那永不止息的風。

我愣了好一會兒，這才蹲下身來，提起了那隻籠子。迎著向海的一面仔細觀察，看見籠裏被關了一團東西；一團淡棕色底淺米色斑點的小鳥。伸出手指進鐵絲裏輕輕摸觸，小鳥沒命的躲，要把自己擠死了一般擠在角落裏，口裏卻再不叫了。

地是半溼的，小鳥肚腹也是溼的，兩隻爪子滿是泥巴，正在不停的發著抖。

也不懂為什麼手裏拎著一隻活的籠子，而自己正在人跡罕見的野地裏。那隻小鳥要死的，正在死去中，這是我得到的訊息：牠要凍死餓死了。

沒有再想什麼，提起了小破籠子就往峭壁上面爬。腳下碎石滾落，手上握的是長刺的蔓藤，四野茫茫，我急著要回家。那隻小鳥在鐵絲裏翻來滾去，夜風將牠的羽毛開成一朵淡色的枯花。

我脫下毛衣，包住了鳥籠，抱著它往家的方向跑，家好似在很遠，怎麼也走不到。緊緊的按住鑰匙，跑跑跑跑跑……我，急成了一隻瀕死的鳥雀。懷中的東西，依然寂靜無聲。

來不及走到屋，車房的布隨手一拿，將籠裏的鳥拿出輕輕包裹。

牠是那麼的弱小，大紅格子布裏一團淡淡的煙雲，沒有重量的。舉起那團淡褐貼在面頰上，還有氣，胸口微微的起伏著。怕燈太亮，用口哈著溼羽毛，人工呼吸似的一口一口送，而牠卻不肯暖起來。

那一夜，靠在沙發上，將小鳥窩在胸口的深處，拿體溫暖著。廚房裏一盞微燈，爐子上不時溫一下小鍋裏的牛奶，拌著炒麥粉的糊，自己先試一下溫度，每兩小時餵一次小鳥。

牠勉強肯吃的，牙籤上挑著一小撮麥糊，牙籤上一顆牛奶珠子。也不張開眼睛，東西到了嘴邊，動一下，很不習慣的扭一扭脖子，然後試一點點，只肯吃十分之一口，等於沒有一樣。始終沒有張過眼睛，在餵牠的時候。

天濛濛亮的那一剎，我睡了過去。托在胸口的手，醒來時仍是一樣的姿勢，而小鳥，卻不見了。

門是關緊的，一個角落一個角落去找，小鳥縮在窗簾下面，背抵著牆，又是一小團棉花球似的鼓著羽毛。

第二天早晨去郵局拿信，局裏的朋友說，那麼小的鳥雀給牛奶和麥糊是可以的，等長大了再餵鳥食。我想，等大了是要叫牠飛的。

小鳥沒有精神，總是鼓成難看的一團，米顆的羽毛花斑看上去麻得有些噁心。還是週而復始的給牠東西吃，牠卻再不肯吞嚥了。鞋盒做成了一個巢，小鳥任人放置，總是儘可能往邊邊靠。

「請——你，給我活下去呀！」餵東西餵得手痠，忍不住對小鳥輕輕的喊了一句。也不敢大聲，怕那麼弱小的耳膜受不了大聲。就那麼日日夜夜的守了三天，一盒牙籤都用完了，小鳥沒有再張開過眼睛，牠完全放棄了。

「噯呀！是斑鳩嘛！不能家養的，要母鳥來餵，不然活不成的。」

我愣愣的對著寵物醫院的醫生發呆。原來，鎖在小籠子裏是有用意的，原來，那隻在黃昏裏沒命攻擊我的大鳥，是一個母親。而每天對著被關在籠裏的小鳥餵東西，不是要急得斷腸？更何況，籠子又失蹤了。

想到這裏，我覺得非常歉疚，三日來，自己也沒吃什麼東西，一時趴在醫生的枱子上抱住了頭。

「我說，快放回去，大鳥會來找的，狠心放回去——」

說著說著，醫生便走開了，去看一隻耳朵撕爛的病貓。

說得那麼容易，要狠心，要狠心，天下的事，如果真能狠心，也少了一大半。跟醫生說，看過一本書，裏面講鳥生一種病的時候，會老是把頭埋在翅膀下面，而且鼓成一隻絨球。我的小斑鳩就有這種病。

很想把牠留在醫院裏幾天，可是那兒住了好多隻狗，吠個不停。醫生說他沒有時間餵鳥吃東西，又不耐煩的叫我們走。

臨走時我的容顏大概說明了一些無能為力的心情，付錢的時候厚著臉皮再問了一次可不可以餵牛奶和炒麥粉。

「放回去就好了，不要悲傷，沒有病的——」醫生與我握握手，他的語氣轉成溫和的了。

那個同樣的黃昏，我抱著籠子，也用毛衣包著它，身上藏了一小盒牛奶和一個碟子，回到發現斑鳩的曠野裏去。

當籠子又藏到草叢裏面的時候，看了那孤伶伶的小身體一眼，才發覺這個將來臨的夜是太黑太長了。

牠從來也沒有再叫過，縮在角落，很小很淡的一團。

放下了鳥籠和牛奶，我爬坡到對面的石塊上去坐著。

當海面上升起來的七顆大星已經到了頭頂上時，我丟下了那隻沒有聲音的籠子，快步往家的方向狂跑而去。

夜仍然那麼漫長，太陽沒有一絲消息，吹過曠野的風一樣呻吟過屋簷，我坐在搖椅上，手裏捏著一塊小絨布，反反覆覆的摺來摺去。

好不容易熬到天亮了，要出門，才發覺一個晚上都穿著綁緊帶子的球鞋，沒有脫下來過。

熱了一些牛奶，口袋裏除了鑰匙之外是一小包炒麥粉，帶著這兩樣東西又往野地跑。跑過很多鄰居的房子，清早上班人家的廚房，亮起了昏黃的燈。

探手進籠子去摸的時候，小斑鳩是涼的，解籠子邊的小門解得辛苦，因為手發抖，因為清晨太冷了。牠完全不肯動，輕得有若一團棉花。我將牠捧起來，用氣哈，哈了十幾口，累不動了，放到貼皮膚的胸口裏給暖。四下拚命張望，沒有一隻飛鳥掠過，一隻也沒有。海面上一絲一絲淡淡的水痕好似無人的街。

又不敢在籠子邊站很久，怕大鳥看了不能飛下來。可是沒有什麼大鳥，清朗淡紅的天空，只是一句巨大的無言。

我在那塊石頭上，小斑鳩又放回到籠子裏。烈陽下的海灘，開出了許多朵太陽傘，傘下的笑語傳不來這邊。這兒，沒有大鳥飛來的聲音。

不知道是幾點了，日頭下的草叢寂然無聲。

天黑了，山脊的背面染上了濛濛的昏黃。苦盼中的大鳥沒有來沒有來沒有來……

我翻出了籠子，丟掉它，將沒有重量的小斑鳩塞在胸口，不敢跑，怕牠受不了大幅的震動，只是儘可能平穩的快走，快到在又來的寒風裏出汗。

也是在車房的燈下，拿著一支牙籤，輕輕撥動小鳥的喙。牠閉著眼睛，吃了一小口，又吸了一顆牛奶珠子，又吃了一小口，又吸，又吃……我緊張，很緊張，怕牠一次吃得太多。餵著餵著，發覺自己眼眶熱了起來。能活下去，是一件多麼美的事。

就在停了餵食以後沒幾秒鐘，小鳥第一次睜開了眼睛，確定牠對著我清清楚楚的深看了一眼，好似有什麼話要傾訴。突然，牠整個的張開了，掙脫了我的掌心掉到工作枱上去，右邊的翅膀奮力撐起了身體，口裏那麼高昂的叫了一聲，一切停在那一刹，不再動了。牠半仰的躺著，翅膀沒有收攏，羽毛緊貼在身上，一直是那個姿勢，直到僵硬。

「我說，這幾天一直在等妳的水芹下湯呢！」鄰居在大門外的牆邊喚著。

「沒找到。」我迎出去跟她講話。

「妳手裏什麼東西？」

「一隻死鳥，找盒子要埋呢。」

「何必裝盒子嘛！就這麼埋了可以做花肥，埋在海棠邊邊去嘛！」

「也好。真的！」

說著我就找了一把小鏟子，一面挖土一面跟鄰居又說起水芹和漿果的事來。

一九八三年十二月《皇冠》三五八期

光芒。

徐訏先生與我。

——紀念乾爸逝世一週年

一九七六年的夏天，我自非洲回台灣兩月。那時剛剛出了第一本書《撒哈拉的故事》。在讀者心目中也許是一個新作家，事實上我當時已寫了大約十年，因此文藝界的一些長輩並不是取名三毛之後才認識的。

那日的中午本是約了一些朋友們見面的，《中華日報》副刊的主編蔡文甫先生突然來電話，說是要我臨時參加他的一個飯局，我因已答應了他人在先，便是婉謝了。蔡先生亦知不能勉強，最後說：「那真可惜，今天是徐訏先生做主客，妳不來認識一下嗎？」

知道中午能夠會到徐訏先生，對於早先約好的熟朋友便是硬賴掉了，這種事情一生裏並沒有做過太多次。

那日吃飯徐訏先生被請坐上首，陪客尚有一些文壇上鼎鼎大名的長輩作家，我因是小輩，坐在蔡文甫先生的身旁，在徐先生的正對面。

初見徐訏先生，並不覺得他如一般人所說的嚴肅，可是飯桌上的氣氛，卻因徐先生並不多話的緣故而顯得有些拘束。

我因仰慕這一位一生從事寫作的名作家已有多年，因此自然而然的說了許多話。後來蔡文甫先生提起徐訏先生小說中一個一個風情萬種的女人造型，我便又有了一些自己的看法和意見。那時徐先生看著我，眼光裏突然閃爍了一下只有被我捕捉到的一絲什麼東西，使我突然沉默了下來，卻是仍然昂著微笑，也不避開徐先生對我若有所思的凝視，只是不再講話了。

那時，徐訏先生突然說：「妳做我的乾女兒吧！」

這句話對我並不意外，這一刻本來已藏著千年的等待和因緣，只是我們並不知曉，只到有一日相遇，才突然明白了，這一切都不是偶然。

當時我站了起來，向徐先生舉起滿滿的酒杯雙手捧著一飲而盡。他倒是著急了，說：「不能喝便不要勉強。」

那時人多，徐訏先生又是名作家，我飲盡了酒之後便不再說什麼，靜聽別人的講話了。

散席時，我走到徐訏先生身旁去，低低的對他說：「那麼我給您叩頭，然後再回去稟告父母親。」

徐先生堅持不肯任何形式，既然那麼說，便是依了他。沒有稱呼，沒有行禮，飯局終了，我們也散了。

在遇見徐訏先生的那一日，我去重慶南路的一家出版社的門市部，想買下他的全集。徐訏先生著作等身，我只看過部分。他的全集一共有十五巨冊，在書店內給放在最近地下的一格，放得零亂不說，全集也湊不齊，書店小姐找書時已很不耐煩，包裝的時候因為書太重，她又發了一場小脾氣。我將店內的一切看在眼裏，心中便想，乾爸的書給這種地方出，真是失算。《風蕭蕭》這本書風行全國，而乾爸晚年依舊兩袖清風，他自己沒有生意眼光，亦是一個原因。

做了乾女兒的第三日便已是徐訏先生離台赴港的最後一天了。我因心中戀慕他，下午又去看乾爸，在希爾頓酒店的咖啡室裏，先將乾爸交付出書的那家出版社的態度罵了一陣，又怪責乾爸對自己的利益不知聞問。他聽了只是淡淡一笑，有些寂寞，又有些黯然，很淡然的對我說：「那只是店員小姐如此，上面的人都是多年老友了，怪責不得的。」

那一個午後，我再悄悄的觀察徐訏先生，為何我眼中的他與別人看去的卻是那麼不同呢！

這個人多愁、敏感、寂寞、靈性重、語言淡，處世有某種程度的文人的執著和天真，卻又是個絕對懂情懂愛又不善表達的人。神情總是落落寡歡，風格表情上有他自成一家的神秘和深遠，年齡，在他的身上沒有起什麼作用，在我的眼裏，我的乾爸仍是風采迷人。

那個午後，一直伴在乾爸的身旁，我突然問他：「是天蠍座出生的吧？」

乾爸有些好笑，反問我：「妳怎麼猜得那麼準？」看他的樣子又十分高興似的。

我笑而不答。乾爸不可能是別的星座，天蠍的神秘、陰沉、孤僻和浪漫在他身上講得明明白白，絕對是個屬靈的人。這個人一向用靈魂在活，根本不是用肉體在活，難怪他與這個社會格格不入。乾爸與我雖無血緣，事實上兩人許多地方卻是極為相似，只是我們各自選擇了不同的行為語言，外人看去便是兩個極端不同的個體了。

次日乾爸回到香港去，我沒有赴機場送行，也沒有抱歉不送之類的客套話。沒有形式，只是知心，在我，已是完全，乾爸豈有不明白這個道理的。

不久，我個人也快離台了，徐訏先生給我來了一封長信，介紹了家中的親人，說起徐夫人，要我喚阿姨。又想起在台的尹秋大哥和明蘭嫂嫂，當然更說了許多在美國的妹妹尹白的情形。

便是這樣，我做了徐家的另一個女兒。

回想起數年來與乾爸的通信，第一封信中乾爸對我所說的話，至今仍很鮮明的記在心裏，他說：「我之收妳做女兒，是一個莊嚴的決定和承諾，絕對不是一般社交場合的應酬，想來妳對我亦當如此。」

看見他這樣的來信，我心中也做了默默的承諾，在對徐訏先生說：「那麼我給您叩頭！」的那句話起，我亦不是在應酬任何人了。

在徐先生所有的著作中，特別偏愛他寫靈魂方面的題材，雖然小時候迷的是《風蕭蕭》，後來再細看他的文字，便是明白了有太多勝於《風蕭蕭》的好作品。尤其是他的詩，更是深為我所喜愛，倒是《江湖行》這本書，正如彭歌先生所說，乾爸本身並不江湖，寫來便是隔了一層。

對於我的寫作，乾爸極多鼓勵，卻也十分嚴格，很少對我誇獎。只有一次，看見我寫的迦納利群島七島的遊記，他來信極為興奮的說我寫得太好，遊記如此已是水準。收到乾爸那封信的夜晚，我幾乎不能成眠，因為乾爸是不說應酬話的，第一次稱讚，自是令人喜出望外了。

在分別的這段時間裏，乾爸數度離港，赴法，赴美，赴德，赴墨西哥，我們通信甚勤，卻再也沒有見面。

在那數年內我又出了幾本書，卻是一本也沒有寄給乾爸。這種極不禮貌的行為自是傷到了他的心，我知乾爸悄悄買了三本《哭泣的駱駝》，對我的不送書卻沒有一句抱怨的話。

在我的解釋裏，出書是急不來的事情，一年一本未免太快了，很怕乾爸怪責我胡亂寫作。因此出了書便是不敢提，不肯送，恨不得乾爸不曉得最好，也是十分奇怪的心理，可說自己亦是個怪人，而今想起來，他是自己乾爸，如何會輕看我文字的淺近和幼稚，再說他反正是會去買的，何必藏拙怕著他呢！

一九七九年的秋天，先生荷西潛水遇難，一去不返——我們死了。

那一陣乾爸寄信迦納利群島，寄信台灣，千方百計尋找我，信中再再的安慰我，鼓勵我，開導我，痛惜我……而我，傷心病狂，哪裏聽得進他的道理。後來乾爸打長途電話去家中找我，知道他亦是焦急關心，卻也不肯給他回個電話。

在那次事故之後，漸次平靜下來，面對的自己卻已不再是當年的我了。這亦是看透了人生的幻想之後必然有的轉變。

去年三月我做了一次東南亞的旅行，最後一站是香港。酒店中再見徐訏先生，我撲了上去，抱住他叫了一聲：「爸爸！」這是做他乾女兒以來第一次當面喚他，叫出來的卻是與他的孩子尹秋、尹白對他一樣的稱呼。

那一刻，我的心裏有多少委屈想對乾爸傾訴，有多少倒吞的眼淚恨不能在他面前暢快的奔流。可是一別四年，乾爸懷裏的女兒卻只是累累的笑，換得了他一句安慰的話：「還好！不算太憔悴！」

在港的次日，乾爸、阿姨及我一起去一個極豪華的地方吃中飯。初見阿姨，得了一塊美玉做見面禮。其實在這之前，每一年的聖誕節乾爸總是千山萬水的給我寄禮物。有一年乾爸給我刻了一個象牙章，同樣三毛的音，給換了另外兩個字。我知乾爸一直不喜歡我的筆名，有一次信中還對我說：「好好一個女孩子，怎麼給自己取了這樣一個名字。」從那時起乾爸一直叫我另外兩個字，一直到今天。

那日的阿姨穿了一件灰色的薄毛衣，下面一條再深些灰色的褶裙，非常大方優雅而親切。吃飯時阿姨幾度將明蝦默默夾到乾爸盤子裏去，可以看出她的情深。飯後乾爸一張大鈔付出去，換回來的竟是一些銅板，我看在眼裏自是心驚，可是始終不敢講一個謝字，只怕說了這個字反是見外了。

在港三度見到乾爸，最後一次也是在吃飯，我因接著又有朋友的約會，不得已提早告退，與全桌的長輩們致歉之後，我轉向乾爸面前。那時我第二日便要離港回台，回台十四日便要再赴歐洲了。

乾爸站了起來，默默的抱住我，他很高，我只到乾爸的肩膀，我雙手環住他，說：「爸爸，我走了！」他拍拍我，說：「好！好！自己保重！」我溼著眼睛朝他笑了笑，便轉身大步離去。

那時的香港街頭正是華燈初上，一片歌舞昇平，說不盡的繁華和熱鬧。港口的風惆悵悵的吹拂過來，我只覺得想狂奔一陣，於是便一路往旅館的方向沒命的跑起來。

那是我最後一次看見徐訏先生，那個在我一生裏只當著他的面叫過兩次「爸爸」的人。

然後我再度離開了父母，一個人回到島上來，住在同樣的房子裏，開始了一種叫做「孀居」的陌生的日子。

與乾爸的通信便是在去年裏漸漸的少了，那不是對乾爸，是誰也不肯再寫信了。世事一場大夢，人生幾度新涼，劫難過來的人，再回來已是槁木死灰。那麼又能寫些什麼呢？向乾爸說些什麼呢？說菩提非樹，明鏡非台？還是說苦海無邊，回頭是岸？還是說灰燼之後有沒有再生的鳳凰？

便是什麼也不說，什麼也不寫了。有好幾次，我提筆，寫下了「爸爸」兩字，便又廢然。

乾爸是知我的，可是他卻傷心了，幾度來信，便是說：「妳不愛寫信也可以，總得來幾個字報告平安，以免遠念！」

我卻很少去信，去了亦是真的只報平安，什麼也不說了。

我的心，竟連乾爸也不懂了。

去年乾爸又赴法國，尹白由美赴法會晤爸爸。巴黎的來信中，乾爸抱怨他的咳嗽，說是感冒。後來聽說尹白陪同去了義大利，我又放心了一點，想來能旅行總是不算太嚴重的。

十月十二日突然收到台北陸達誠神父的信，他說：「妳快快寫信去香港，徐訏先生不是肺結核，是肺癌，快去信還來得及……」

我當即馬上掛電話去香港，心裏自是又驚又急，電話那邊竟是台北去的尹秋大哥，我知道事情可能不好了，便是叫了起來：「尹秋，爸爸怎麼了？」

尹秋說：「爸爸五號已經過世了……」

知道失去乾爸的那個夜晚，我一個人是如何度過的，而今回想起來仍然心碎。

我所確知的是，那夜，乾爸來過我身邊，就如常常回來的荷西一樣，他對我說：「孩子，不要哭，爸爸在此安好……」

那兩日，四度電話香港，阿姨對我說：「爸爸盼妳的信，病中一直盼妳的信，妳信來了是十一號，他已去了，沒有看到……」

聽見阿姨這麼說，我恨死自己了，恨死了！人生有什麼事情比後悔更苦痛的？

在德國的珏跟我講電話時也是說：「訏師對於妳不肯寫信有些耿耿於懷，最後一次來信中還提起，說三毛不常寫信，是不是對他冷淡了。」

我不怕乾爸誤會我，可是他因我傷心便是我的不該了。那幾日，乾爸一直來看我，他的靈魂是來的，在我流淚的時候，對他喊過：「爸爸，請你原諒我，實在不愛寫信，可是我對你是有感情的。」

乾爸只是慈愛的在我身邊，沒有一句責備的話，他的靈魂會歸來，就證明他也一樣的疼愛著我。

幾度想提筆為乾爸寫些紀念的文字，可是乾爸的心思我亦明白，他的靈魂幾度對我說：「不必了！不必寫！」說來仍是淡淡的，沒有情感激動的句子，一如他生前的性格。其實他卻是個最最重情的人。

只記得徐訏先生自己的詩：

那生的生，死的死，
從無知到已知，
從已知到無知，

歷史從未解答過
愛的神秘，
靈魂的離奇。

而夢與時間裏
宇宙進行著的
是層層的謎。

生死之謎在他人也許的確仍是個謎，在我已能夠了然部分，因為我愛的人，不止只在我們名之為世界的地方才有，在那一邊，也漸漸的多了起來。

我所寫的徐訏先生，不是他一生的行誼，我寫的，只是我的乾爸與我。

短短數千字，不能代表我對徐訏先生的懷念，可是這些文字卻是在平和寧靜的心情下寫出來，因我已確知，生死不過是形體的暫別，有一日，而且很快，便又是要重聚的。

再用幾句徐訏先生自己寫下的詩來送給我的乾爸：

因此我也不敢再希望你有一天會重回舊地，
來體味那輕霧舊夢裏浮蕩著的各種傷心；
但何處的天際都有我們舊識的微雲，
請記取那裏寄存的我殷勤的祝福與溫柔的叮嚀。

一九八一年十一月《大成》九六期

暗室之燈。

——送別顧祝同將軍

敬愛的顧伯伯，當那天，電視新聞中播報出您逝世消息的當時，我正在廚房中幫忙母親洗碗。父親高聲叫我快去客廳，我衝到電視機前，正好聽見新聞的尾聲；證實您已走了。

證實了您的遠行，我將雙手清洗乾淨，回到自己的房中，將門輕輕關上，在暗室裏靜坐了好一會兒，然後開始在心中反覆為您默念——阿彌陀佛、阿彌陀佛、阿彌陀佛阿彌陀佛阿彌陀佛阿彌陀佛阿彌……

顧伯伯，知道您府上虔信佛教，而我卻生長在一個基督教的家庭裏。在這個時刻——您的靈魂還不遠的時刻，我唯有將全心全意的念力，以這四個佛家的字，反覆誦唸，只願在這不斷的梵音裏，使您這條路走得更安穩更安詳。

唸了幾千句「阿彌陀佛」之後，想到此時顧伯母的心情，還有您孩子的心情，我跪在地上，將臉埋在手中，唯有向沉默不語的上天哀哀祈求，請祂在這最艱難的一刻，安慰顧伯母、安慰這一群從此失父的孩子，也安慰跟隨了您——顧伯伯一輩子的那些老部下憂傷的心靈。

那一個晚上，想念著您們全家，徹夜不能闔眼——那個樸素而有著深厚教養的可敬之家。

不，我不要在那時候立即打電話過去。這種時候，是屬於你們最親密的全家人，絕對不能打擾。而我，只有在心中默默的悲傷，不停的把今生對您的敬和愛，在誦唸中傳遞給已經上路的您。顧伯伯，也許，您已經不記得我了，可是讓我——一個渺小的小輩，也悄悄伴送您一程吧。

過了十天左右，這才打電話到您府上去，接電話的是八妹的女兒，我跟她說：「請媽媽來聽電話。」八妹接聽的當時，我們在電話中哽咽不能成聲。問她：「顧伯母怎麼樣？」八妹哭說：「媽媽很傷心。」又問：「那我的老師呢？什麼時候回來？」妹妹說：「就是這幾天，哥哥會趕回來。」

「八妹，請妳告訴我，我可以做什麼？」問出來這句話時，內心是那麼的感到無力，明知做什麼也取代不了喪夫、失父的劇痛，這明明是白問的，雖然出於一片至情。

掛上了電話，想到我的恩師顧福生，想到他乘飛機趕回來向父親告別的心情，我又疼又惜。只恨自己受恩一輩子，對於這家人，卻完全不能報答於萬一。

想起小時候的情形，那些日子和長長的歲月，就如電影一般的在眼前再次流過。

自閉症，我的，經過了多少心理醫生都治不好，是我的老師——顧福生，在每週一次的畫室裏用耐心和愛心，經過了一年整的時間慢慢開啟了我對外面世界的窗、門、還有路。

當時，總是在星期五去學畫畫，有時，心理障礙又來，就走不出去，老師也沒有逼過我。也是在一個星期五的黃昏，那天，我一個人在畫室中畫一堆靜物，天暗了，已近黃昏。老師平日並不守在我背後一筆一筆的釘住我，那會使我緊張，老師總是到其他的房中去，每隔幾十分鐘，才來看一下我的作品。

那個黃昏，在一幢日式房子後院搭出來的畫室中，顧伯伯，我第一次看見了您。

畫室的光線暗了，我一個人靜靜的坐著，是您，顧伯伯，推開了紗門，進來，含笑著對我點點頭。當時，我見來的是老師的父親，立即站了起來，向您輕輕彎了一下身。不知要說什麼，心裏嚇得不得了，而我面對的卻是一個如此可親的長者。

「為什麼不開燈呢？畫完了嗎？」您問我。

我想告訴您，顧伯伯，如果一開燈，那堆靜物的光影會改變，可是我不敢說。您又對我笑一笑，把畫室的燈，替我點亮，然後走了。

四顆星星的上將，為著一個十六歲的小女孩，點亮了一盞燈——那生命中第一盞引路的燈。

一年之後，恩師去了法國，本以為這一來又要長門深鎖，再也不出門去。沒有想到，老師的妹妹：一對雙胞胎——七妹八妹，主動的伸出友愛的手，在我沒有一個朋友和同學的閉塞日子裏，做了我少年時代的好友。

再見到顧伯伯您的一次，已是七妹八妹高中畢業的時候了。那天，我也被邀請去參加那場畢業典禮。當我打扮好自己，坐三輪車趕去您府上的時候，正聽見顧伯伯您說：「可以去了吧？」而顧伯母在回答：「還有陳平沒有來呢，再等一等。」那時，我走進門，看見顧伯伯您穿上了神氣萬分的軍裝，七妹，站在父親面前為您輕輕做最後的整裝。那一次，我好似是您們全家活動中唯一的外人，而我所受到的愛護和照拂卻是極友愛又親切的。

七妹、八妹高中畢業之後進了輔仁大學，雖然我們三個非常渴望一起去做同學，結果命運卻將我安排去了文化大學——當年的文化學院。從那時開始，我的心理障礙慢慢的減退，沒到兩年半，我離開了台灣，由一朵溫室中的花朵，徹底改變成為一個克勤、克儉、刻苦的青年。

許多年住在國外，心中常常想念顧伯伯您們全家。這份想念，與其說是思念，倒不如說是今生今世心中默默的感恩，因為這份感恩無以回報於萬一，常使我在異國的深夜裏悵然而自責。

幾次回台，來去匆匆，沒有顧伯伯您們家的消息，也去過當年的泰安街，尋找、打聽。只聽說搬家了，尋找不著。

直到前數年，恩師顧福生，首度回台舉行畫展，才知道了顧伯伯您的新地址。那一日去拜望老師的時候，再見到顧伯母、七妹、八妹還有我姐姐的少年好友顧永生——該是六妹吧。那種恍如一夢的感觸中摻雜著多年不見的悲喜和激動，什麼時候，除了我，這批當年的女孩子，都做了母親。可是我們見面時，仍然快樂得好像當年的一群小孩。

而直接救過我生命的恩人：我的老師，我還是對他情怯又敬愛。顧伯伯，也是那一日，我在您的新家，您當時正在接受一場電視訪問，大家在另一間輕輕低聲說話，唯恐出了高聲影響收音的效果。

您，顧伯伯，在那時候仍是那麼的健朗，您的孩子——我的老師，又把我向您提了一句，說是二十年前的學生。您對我含笑點點頭，就去客廳錄影了。我不敢問您，顧伯伯，當年，您替我點過一盞燈，也給過我生命中啟蒙的那另一盞燈——您的兒子。這是您的善心，您一生行善太多，不可能去想起。而這對我來說，您的一家人，影響了我半生的發展，這份恩情，我不能就此忘懷。

在您過世十日以後的那一天，我在電話中對八妹說：「沒有你們全家，沒有今日的我。」說時熱淚盈眶，追問顧伯伯的告別式是在哪一天。八妹問我：做什麼？我說要去靈前跪拜。再說了一次：「我的恩人，是顧伯伯的孩子，沒有顧伯伯，就沒有顧老師，沒有顧老師，沒有後來妳們的友情，沒有這一切因果，沒有今日的我。您們全家，都是我承恩的人。」說到這裏，才痛哭出來。

顧伯伯，今日您遠走了，撇下了熱愛著您的家人、朋友、部下和您盡忠了一輩子的國家。我要去您的靈前向您下跪，向您在今生也是最後一次，在心中、在最最真誠的跪拜下，再一度表示我無以回報的感恩。

顧伯母，喪夫之痛，痛如澈骨。死者已矣，生者何堪。我們愛您，深深的愛著您，可是這份劇痛，沒有人有資格與您分擔。親愛的顧伯母，請您切切節哀，一切安慰您的話，在這個時刻都沒有太大的效果。顧伯母，請為著愛您一生的丈夫、兒女，堅強起來，這個家，需要您做支柱，需要您，把這份親密的家庭之愛再綿延下去。

二月八日是我們向顧伯伯在這世上告別的時候。有一天，我們在另一個空間，必然再度和親愛的人相會。一旦我們存著這一種信仰，生離、死別，都不能將我們對親人的愛隔離。顧伯母，請您節哀，請您堅強啊！

顧伯伯，雖然您是我恩師的父親，在稱呼上不應稱您伯伯。可是自小跟七妹八妹做朋友，在這份友情的根據上，就喊了您伯伯。想來您是不會怪責我的。

小時候，常常在您府上吃點心、吃飯。在當時，您的家，是我唯一肯去的地方。也為著您全家人對我的關愛，使我看見了一個樸素、有禮、絕對長幼有序、井井有條而又親密和氣的中國家庭。這份潛移默化，是我一生的影響，至今受用無窮。

那些深愛著您的部下，一生追隨您，不肯離去。那份軍中之忠，多年之後成了家族之愛。顧伯伯，如果不是您一生做人寬厚慈愛，不可能有那麼多的子弟忘我的緊緊跟住您、愛您、敬您、惜您、忠心於您。這一切，都因為您的行為和操守，令人不肯捨您而去——他們太愛您。

您一生的事蹟，您的回憶錄——《墨三九十自述》正在《傳記文學》這本雜誌上開始連載。

當我讀到第二章——〈童年生活〉時，才知在您的童年已經是一個沒有母親的孩子，依靠著祖母相依為命。顧伯伯，您的一生，是一篇刻苦、勤學、向上，沒有一絲家庭背景而成為一位成功人物最明確的見證。

在這兒，我想借用《傳記文學》中對您的介紹，做為這篇送別您遠行的結束。

顧伯伯，英靈不遠，在這兒，在一盞燈下，請讓我默默的用心陪著您，一同走一段永生之路吧。

＊＊＊

陸軍一級上將顧祝同將軍，字墨三，江蘇漣水人。顧氏保定軍校畢業後，自基層排長起，逐步升至軍長、集團軍總司令、戰區司令長官等，後曾多次出任行營主任、行轅主任、綏靖公署主任 等要職。

來台前集國防部長、參謀總長及陸軍總司令於一身。顧氏出生寒素，無任何憑藉。顧氏治軍（無論中央部隊或所謂「雜牌部隊」均服膺其指揮）與從政（曾兩任江蘇省主席、一度兼任貴州省主席），為人與處世，均有他人所不及之特長，口碑與人望俱佳，有「軍中聖人」之譽。

將軍一八九三年生，一九八七年元月十七日逝。享年九十六歲。

一九八七年二月七日《中國時報・人間副刊》

孤獨的長跑者。

——送高信疆

信疆，你走的那天，沒有去機場送你，要離開的那一陣，也沒有請你吃一次飯。告別的時候，是在歡送你的酒會裏，隔著一層層的人，向你道了再見。

那天，從陽明山下了課，匆匆忙忙在陰暗的雨天趕到大理街的中國時報去，酒會時間已經快過了。進去的時候，詩人管管正在麥克風前說書，仍有許許多多你的朋友留著。人群裏，看見住在中部的憲仁，我訝然的問他怎麼在台北，他說特地北上來這個酒會；來送你的。說完淡淡的一笑。

知道在那樣人多的場合裏，是不能說什麼話的，也沒有什麼真正想說話的心情。我們聚在一起，就是到你的面前，來給你看。信疆，你看見了，在這兒，有多少朋友愛你。

酒會走出來，是傍晚了，我的車裏坐著一個不常見面的好朋友和一個學生。已是晚飯時分了，車子開到重慶南路，看見朋友沒有帶傘，在大雨傾盆的路口下車，衝到水裏面去，而我，因為趕赴另一場飯局，無法與他多說兩句話，在開走車子的那一剎那，心裏方才升起了很深很深的悲哀。

那種無能為力的悲哀，竟因為看見一個心愛的朋友在雨中離去，將我弄成不能排遣。有時候，對於朋友或親人，我們能做的實在是太少了，因為不能。

對於信疆你的離去，也是這樣的悵然。

許多人以為，我們是因為投稿的原因才認識的。《人間副刊》的主編和一個文字工作者。很少人知道，我們原先是學校裏的同學，當年大學的那一段生涯，回憶裏，有時模糊，有時鮮明，一剎那，已近哀樂中年了。

二十歲，你說它算不算童年？我是那麼看它的。青青澀澀的一顆顆果子，瘋狂的念書，拚命的戀愛，執著於一場又一場夜譚，那份對於未來和知識的癡戀，將不同系的那十幾二十個人拉成了學校裏的一張網。

當年的我們，啃了多少多少本課外書，已經不復記憶了，只知道，後來這一批志同道合的同學；被人視為異端的一群，畢業之後，多多少少，在生命的承受和表現上，都是不凡的。

那時候，信疆，你大我們一年，是新聞系最傑出的學生，身邊的俏妞——沅馨，是我們女孩子欣賞又羨慕的對象。大學同學的戀愛，有結果的並沒有幾對，而沅馨和你，始終很團結，不但成了家，這麼多年來，在事業上也是好搭檔。一對校園裏的金童玉女，就那麼走了出來。這在學校的時候，已經了然了，並沒有看走眼。

許多年過去了，再見面，你告訴我一個故事——校園裏的。念書的時候，你陪著另外一個男同學，在公用電話亭外面繞了一夜，那個同學手裏握著一枚銅板，怎麼也提不起勇氣，去撥我家的號碼，告訴當年哲學系的那個女孩子，他心中的情感。

這個故事，沒有開始，也沒有結尾，而你，是唯一的見證人，時間也就這麼流掉了。每當想起這個情景下的你，還有那位已經是做了父親的男同學時，學生時代的那份情，變得很親密；不濃的一種親。正如當年的我們，看來相似，事實上卻並不十分合群，而每一個人，在這條心路上，又是孤單的。

說不親嗎，仍是親的，畢竟，大學同學，在這個社會上來說，已是不可多得的了。有時候，我們這一群，仍是護得緊，而且團結。

李子他們，聽說你放下了編務，要遠離台灣去進修，三天兩頭打電話催我，說同學們要再聚一次，送送你，看看沅馨。我沒有安排這場同學會，替你推託，替你擋，只因為，私心裏，希望你多留一些在台的時間，將每一分鐘，都付給妻子和家庭，雖然明知這不太可能，但是我不敢再去佔你的時間。

你就那麼走了，同學們拚命罵我，說我不合國情，沒有人情味。我知道，他們也不是執著於那頓飯局，他們珍惜一次難得的重聚，忙忙碌碌的一群，再相聚又會是什麼時候？

新加坡的南發寫信來，說到來台之事，竟然說：「雖然台北仍有妳在，可是信疆走了，感覺裏少了一個重要的朋友，不一樣了。不想去台灣，如果想我們，還是夏天妳來吧！台北沒有了信疆，對我很不相同了。」

不止是大學同學，新加坡，我們也有一群好朋友在，你和沅馨的，我的。分別認識，結果又成了不必通信的死黨。新加坡，代表了很多事情，它是朋友的代名詞。

台灣，也是朋友的代名詞，對某些人來說。

許多年來，眼中的信疆，是一支兩頭燃燒的蠟燭，十二年的心血和生命，付給了一份理想，展現在銷售一百萬份的報紙上。台灣的副刊，因為高信疆這個大將的參與，變得如同戰場。水準的直線上升、嶄新觀念的啟發、一次又一次的突破與競爭，使得每天紙上風雲際會，千萬讀者日日注目，整個文壇朝氣蓬勃，那股充沛的活力，將副刊弄成不再只是每天報紙上的一個版；這和信疆的投入，有著決定性的因素。

不常看見信疆，每見到他，往往已在深夜。他的人，總給人巨大的壓迫感，看見他，不容易舒暢，悶熱又緊迫的感覺，那份報紙，壓在他的背上，好似燃燒著一生的愛情。

信疆是一個反應敏銳、行動快捷的狠傢伙，言談間，許多構想，許多夢，幾天之內，可以付諸行動，展現在他的版面上。那份副刊，看不厭它，信疆是一脈活水，永遠不會停歇。他是狂熱的行動者，這裏面，沒有睡眠和休息。

我喜歡這個人，又因為他的那份真。

信疆的口才是第一流的，幾次講演中的他，事過數年，聽過的人回想起來，仍然讚賞——言之有物又風度翩翩，不愧是一個大將。

其實，在朋友的聚會裏，信疆的話並不算多，他肯聽。聽了一個晚上，朋友們散了，他將話題分析組合一番，又是一場付諸行動的表達；交給社會大眾。信疆，是陳若曦筆下的拚命三郎。

信疆不是一個好玩伴，輕鬆的時候，他不懂得放開一下自己的工作，有時候，很討厭他對於事業的過分執著，拿命去拚的那份認真，使得十二年中的他，成了孤獨的長跑者。

那份成績，就是這麼跑出來的，永遠不會停。

長跑裏，沒有我們的影子，只因為每一個人，跑的道路並不盡相同，堅持的生命裏也有偶爾去度假的人如我。我不覺得羞恥。

前幾個月，沅馨在一個星期天的午後，捧了好多盆花，上陽明山宿舍去看我，問起信疆，淡淡的一笑，說在忙。其實，不必問的，信疆什麼時候不忙過了？

又過了一陣子，沅馨和我抱著孩子和食物去花園新城他們避人的小屋。信疆過了好幾小時以後才來，三更半夜了，同來的是一群朋友，避不掉的人；我自己也在內。

那時候，猜在想什麼？在想，美豔如花的沅馨也是一個孤獨的長跑者，她的寂，很漫長，付給了她自己選擇的一生。

這一陣，許多文友寫信信疆，因為大家愛他，這份友情，不止是單純的友誼，更有必然的對這個人在工作上的欣賞和讚嘆，信疆，是絕對傑出的。他的真，對新聞和副刊那份近乎癡狂的真情，仍然常常深深的感動著我。而為什麼，那麼忙碌的一個人，總覺得他寂寞？

如果，每一個人做事都像信疆，如果每一個人在事業上都有這一份投入，如果每一個人有他這樣的專情似海……那麼，會是什麼樣的一個局面？

那麼，許多人，都成了孤獨的長跑者。

自己難道不孤獨嗎？雖然，那條路，並沒有如同信疆的那種跑法，雖然，跑跑停停的，沒有盡全力。

那麼盡全力的跑，又是什麼樣的滋味？

信疆，我們沒有如同其他朋友一樣的送你，這一群你的大學同學；只因為我不合國情。

離開台灣的你，不會有信來的，這一點十分明白了；也沒有必要。你的暫時離開，其實是很令人羨慕的。

威斯康辛的夏天會是怎麼樣，我們不曉得，可是那兒也有一個校園，對不對？一個不同於華岡的校園，這又有什麼關係呢？

很怕你在美國的朋友也多，怕又不能安靜下來，過兩年全然不同的進修生活。新的天地，對於你這樣的人來說，不可能是一場歇息，因為很久以前就明白了，你是不會停步的人，這一點，對我們來說，極好，因為回來的時候，必有新的東西帶回來展示給我們。而你自己呢，休不休息？這樣問你的時候，好似看見了你的苦笑，你也不休息，還有同樣一條漫長的路要跑下去，對不對？

前幾天深夜裏，停電了，我變得很慌張，工作不能停，摸黑點起了蠟燭，就著燭光，一份又一份學生的作業仍然批改下去，改到警覺那支燭淚已經流到天明，這才愣住了，靜靜的大氣裏，只有那支殘燭慢慢的在燃燒。

這時候，想到許多往事，想到遠方的信疆和《人間副刊》十二年的那個主編。

李商隱的詩句，悄悄的爬了出來，在悶熱的黑暗裏軟軟慢慢的來，春——蠶——到死——絲——方——盡……蠟——炬——成——灰——淚——始——乾——

後來，我沒有能再做什麼，吹熄了那支燭火，上床睡覺去了。

一九八三年六月《皇冠》三五二期

我的筆友張拓蕪。

去年十二月初，在報上看見張拓蕪的第二本《代馬輸卒續記》即將出版的消息，欣喜之餘，迫不及待的寄了買書的錢和航空郵費去給拓蕪。當時的想法是，買書應該找出版社才是道理，可是再一想，拓蕪是我的筆友，請他代購自己的書寄來，也是說得過去的。沒想到買書的信寄出不到兩天，拓蕪的新書卻已先寄來了。又過了不久，我寄去的購書費，竟然被他原封不動的退了回來，書送了，錢卻不收，信裏尚且說：「這是讓妳知難而退，以後再也不敢寄錢來了。」張拓蕪的脾氣和性情，在過去一年多的通信裏，多多少少總是摸著了一些，雖然如此，他退我的錢，我心裏還是難堪了好一陣。

在國外，偶爾知心的朋友從台灣寄東西來給荷西與我，父親過節亦寄錢來給我們買些平日捨不得買的小東西，我都欣然接受，去信道謝，並說請常常記得我，禮物多多益善，非常歡天喜地。而我的朋友張拓蕪，連買他新書的錢，都不肯接受，兩個如此不同作風的人，卻成了朋友，也真令人想不出為什麼。

拓蕪的第一本書《代馬輸卒手記》我亦沒有花錢買，那時我正回台探親、治病，許多朋友送我書籍，自己皇冠出版社的不算，隱地兄亦客氣的送了我一大堆珍貴的好書，拓蕪的那一本，也是其中之一，回到迦納利群島來時，成箱的書籍也隨著帶了出來。

第一次看《代馬輸卒手記》，雖然已事隔兩年多了，可是我記得，當時看書是哭過的，笑過的，也嘆息過的，拓蕪的文字，有他特殊的風格，加上他那傳奇而辛酸的半生故事，令人看了，愛不釋手，感動至深，很少的文字，在我成年以後，能使我如此的將自己投身進去，幾次到了忘我的地步。

因為對這本書的欣賞，忍不住給它寫了一篇不到千字的短文，刊在聯副上，也因為那篇文字，使得原先並不認識的張拓蕪，成了我的筆友。拓蕪在我發表那篇有關他書籍的文字之後，給我來了一封十分客氣而誠懇的信，說：「文字不好，自己也明白，您的大作，不過是因為我是個殘廢，同情我，給我捧場罷了。」

收到拓蕪這樣的信，雖然他寫得那麼謙卑誠懇，看了還是氣噎了好幾秒鐘，後來想了一會，仍是啼笑皆非的不開心。我不是個不誠實的人，好書就是好書，絕對不會因為作者本身的情況而扭曲個人的看法。再說，我極喜愛這世上太多太多的好書，也並沒有去打聽過作者的健康情形如何，文字是獨立的，讀者如我，亦是主觀的，由同情轉而對作者文字的欣賞是絕對沒有可能的。所以，對拓蕪自謙的來信，我是一句也不同意，聰明如拓蕪，寫出如此優美的傳記，用字如此白話，已到出神入化的地步，他自己竟因身體的半邊殘疾，而忽略了自己可貴的才華，這真是十分矛盾而令人生氣的。反過來想，這樣樸實的心靈，這樣不驕傲的性格，在二十世紀的今日，也是高貴得找也找不出許多了。

再說被拓蕪認做朋友這條長路，亦是天路歷程。我的性情誠懇坦率，做事本著心血來潮，興致所至，一本真心誠意的動機，便放手做了出去，很少想到後果。對拓蕪如此，對家人、對長輩亦是如此。可是拓蕪是計較的，他這樣的朋友，只許他給予，不許別人回報。過去一年半來，我只能給他寫寫信，可是他不同，他那唯一可動的右手在郵局寄書籍，寄豐富的中國食物，不斷的千山萬水的飄過來給荷西和我。天知道行動不便的他，那些東西是怎麼辛苦包紮起來的，要去謝他都沒有可能，他會不高興。他不想想，半身殘疾已經四年多了，一家三口，幾坪不到的違章建築的家，三隻腳的破桌子，就是他一個一個格子爬出來的稿費在維持生計；而我，這個筆友，在郵局領出他紮得歪七扭八的包裹時，心裏沉重得是什麼滋味。

拓蕪很少想到自己，去年荷西事業不順，最急的人，除了父母之外，就數沒有見過面的他。又有一次，荷西涉世不深，被人跑掉了好幾萬支票，我給拓蕪信中提起，說要罵荷西，他急得拚命來勸：「不可罵，千萬不要怪荷西，財去人安樂，荷西那麼忠厚的人妳怎麼可罵他……」

其實，拓蕪的環境比我們艱難辛酸了太多，他想到的卻是我們。長時間的通信，拓蕪慢慢的開始信任我，他不再低估自己，也相信我對他文字的喜愛，不全是盲目的，更不是出於憐憫，這樣高貴的心靈，羡慕他尚恐不及，如何有道理去同情一個比我在精神上才華上更富有的人呢。

看了拓蕪的第二本書《代馬輸卒續記》，覺得他在文字上應用得更加活潑開朗，雖然骨子裏仍然是辛酸血淚，可是他慢慢有心情給自己幽一默了，細微的寫他周遭的人、周遭的事，故鄉的舊夢、親人——拓蕪樸實無華的文筆，使一般的生死、愛恨、期望和無奈，由一個一個小故事，電影般的一幕幕映在讀者的眼前，鮮明得如同身受。

可惜胡適之先生過世得太早，不然看見這一個小兵的傳記，不知會多麼歡喜。大人物有大人物的一生，小人物，也有小人物的一生，生於安樂的我，沒有遭遇過戰亂、流離，亦沒有經歷過生死一線的大病，可以說，是沒有資格談苦難的人。拓蕪是我的朋友，他唱吟的半生故事，使我在平淡的生活，蒙上了一層說不出是悲是喜的色彩，悲歡歲月的滋味，該當如是了吧。在《代馬輸卒續記》裏，幾位文友給拓蕪寫了數篇無懈可擊的序文，念這幾篇序，亦是心靈上無比的享受和感動。我只是千千萬萬個關心小兵拓蕪的讀者之一，這樣的好書，幾年來難得見到，拓蕪目前已出了兩本，但願再接再厲，有生之年，不斷的寫下去，亦是愛看書的讀者所真心盼望的了。

再說，拓蕪在《代馬輸卒續記》細說故鄉那一部中所提到的徑縣「香菜」，極可能是迦納利群島在出產的一種西班牙文名ACELGA的蔬菜，如讀者見了他的書，對此種蔬菜有意種植，三毛可以代購菜種轉寄拓蕪，愛香菜者可去向他酌量免費分種，如果判斷不錯，這種香菜正如拓蕪所說，是十分可口的。

一九七八年四月四日《聯合報・聯合副刊》

走不完的心路。

——蔡志忠加油

前幾年的一個盛夏，我恰好回台。就在同時，新加坡的好朋友，當時南洋商報的董事總經理黃錦西、莫雪黛伉儷也來了台灣。

錦西和雪黛是多年好友了，知道他們抵台，我迫不及待的跑去旅社探望他們。因為當天下午錦西約見了許多公務上的朋友，所以外間的客廳讓給了他，雪黛和我躲在旅社內室中，講也講不完的話，東南西北的扯。

雪黛靠在床邊給我弄水果吃，我抱了一個大枕頭盤腳坐在地毯上——就坐在電話旁邊，因此順手替他們接電話。電話好多，典型的中國式熱情歡迎遠方來的朋友。

就在接了好多次電話之後，又來了一個。

對方客氣的在電話中自我介紹，說是蔡志忠。我將話筒摀住，輕問雪黛接是不接？雪黛聽到這個人的名字，跳起來搶過電話，說錦西在忙，什麼時候一同吃飯要等會兒才知道，請蔡先生過幾分鐘再打來。

掛了電話，雪黛看我表情漠然，才好吃驚的問我：「剛才是蔡志忠來的，妳不認得他？」

我茫茫然。她說：「虧妳還是漫畫迷來的，《大醉俠》難道不曉得？」這才輪到我尖叫起來，把枕頭用力一打，怪她怎麼不在電話裏給人介紹。

「反應慢來的，現在才明白了？」雪黛笑著敲了一下我的頭。新加坡的人，用華語和我們有些不一樣，他們的口頭語「來的、來的、來的。」什麼句子上都用，聽了十分有趣。

後來電話又響，我就在電話裏向蔡志忠叫喊：「我是三毛來的，久仰大名了，你們要什麼時候聚餐，我也要去，你請不請呢？」

想去認識一位心中仰慕已久的畫家，卻因為自己俗務纏身，結果沒能參加一場渴望的晚餐。

許多年，就這樣流去了。

今年中秋節回到台灣，下決心不再遠居，其中最大的原因還是為了年邁的父母。

就在去年夏天，事實上我已購下一幢樓中之樓，外加屋頂小花園的陳舊公寓，將這個家，佈置得極為鄉土又舒適，就坐落在父母家幾條巷子相隔的地方。當時，我與父母天天見面，可是總在深夜回到自己的小樓來生活。

這一回，父親主張將那幢屬於我的小樓賣了，搬回家去與父母同住，省得兩邊跑路又得費心打掃花園。一時裏，我答應了父親。

於是，小樓要賣的消息就傳了出去。

有一天，我回家去，母親說有一位蔡自忠先生打電話來，說「如果三毛賣房子，請先通知。」我看見母親留下的字條寫著「自忠」，一時反應不過來，立即回了電話，那邊說起黃錦西先生，我這才又尖叫起來：「蔡志忠、蔡志忠——」連名帶姓的喊他，好似一個老朋友一樣。原來，又是「大醉俠」。如果房子能夠賣給他，我的心裏不知會有多麼高興，可是一時裏又捨不得賣，因為明年的櫻花還沒能在屋頂花園上見面，而我，正在熱切的盼望著。

蔡志忠說沒有關係，他也並不急著找什麼房子。後來在電話中我們談起別的事情來，才發覺，他的漫畫已經走上了另一個方向——將中國的經典名著搬上了漫畫的舞台。

沒過幾天，我收到了一本美麗的書，書名叫做《自然的簫聲——莊子說》。

在那個深夜裏，我捧著一本漫畫書，看見我心深愛的哲人——莊子的思想，經過漫畫，成為了一本人人可讀、可懂、可賞、可觀的圖畫故事，內心的快樂和激盪是無可言喻的。

我也同時在想：為什麼前人從來沒有想到，中國看似艱深的哲學思想，可以透過漫畫的管道，走向一條更通俗、更被人接受的路上去？

就是蔡志忠的智慧，使一些視古文如畏途的這一代中國人，找到了他們精神的享受和心靈的淨化。

沒過幾天，我去了忠孝東路的一家書店，發現這本漫畫書高居「暢銷書榜首」，我的心，再一次默默的在歡喜。畢竟，中國人還是愛中國的，這本好書的誕生和暢銷，就是一個最好的證明。

於是，我悄悄的去探討蔡志忠這個人的一生，發覺，他的必然成功，其中沒有偶然。

蔡志忠在念完了初中以後就放棄了學校模式的教育，他，不再上學，將自己的心懷意念完全投注到一個在少年時就已肯定了的興趣上去。他的自我教育和手中的那枝筆，在成長的路上，可以說藉著不斷的嘗試和摸索，一步一步、日日夜夜，就為著一個理想——沒有懷疑過的理想，帶著他走向未知。

十六歲的少年，在當時，已經畫了兩百多本武俠漫畫，不但如此，十七歲的年齡，已經出版了這麼多書。就算是我們口中由一數到兩百就得花上好幾分鐘的時間，更何況那不是數目，是兩百本實實足足的漫畫。光憑想像，就可以曉得作者近乎癡迷入狂的那份努力。

我覺得，一個人無論做什麼事情，如果少了那份癡心和熱愛，終是難以成就的。而這份「癡迷」，如果不在一開始就堅持下去，時間過了，也會沖淡。只有在不斷的追求裏——「一步也不離棄」的追求中，人，才能在付出了若干年的血汗後，看見那個可能進入的殿堂。

本以為，蔡志忠畫了那兩百多本漫畫之後，接著而來的三年兵役可能使他就此放下畫筆，可是他的心，還是在漫畫上。

半大不小的青少年，服完了兵役，還是兩袖清風。

也在那個時候，天主教「光啟社」招考美術設計的人才，這個廣告上明明寫著必須具備大專程度的學歷，可是蔡志忠這個初中畢業生偏偏跑去報名。因為他的學歷不合要求，於是志忠跑去向光啟社的鮑神父懇求，請神父無論如何給他一個參加考試的機會。

那一次，蔡志忠考贏了好多好多大專生，進入了光啟社去工作。我認為，志忠的獲准考試，除了他本人的努力之外，鮑神父的愛心，也是令人感動的。

蔡志忠雖然畫了許多年的漫畫，可是對於卡通片的繪作技術還是陌生的。當他進入光啟社，接觸到許多卡通片的資料和片子之後，以志忠這麼好學又好畫的個性來說，等於進入了一座寶山。雖然完全沒有人教導他如何製作卡通，可是他自有方法和苦心，一張畫面又一張畫面鍥而不捨的去追求、去研究、去嘗試、去失敗，再去分析、探討、改進……

這一段又一段心路歷程想來是艱苦而磨人的，可是我相信志忠並不以為苦，在他的學習過程中種種經歷過的瑣事，在他那份忘我捨命的追尋裏，必然給了他相同代價的回報。這份長長的路途，終於在民國六十五年「遠東卡通公司」和「龍卡通公司」的誕生下，給了蔡志忠另一個新天新地。

蔡志忠去畫卡通片了！

民國七十年，一個初中畢業的青年，抱回了一座「最佳卡通影片金馬獎」。

如果當年我在台灣，如果我在電視裏看見蔡志忠去領獎，我一定會快樂得又要擦淚又要替他鼓掌，這條路，是他——一個癡心人所走出來的。

由台下到台上的那條路——很長。

以後的蔡志忠漫畫，不止在台灣，他的作品同時出現在新加坡、馬來西亞、香港、日本……跟讀者見面。

發表的作品：《大醉俠》、《肥龍過江》、《光頭神探》、《西遊記38變》、《盜帥獨眼龍》……使我這個愛看漫畫的人一回國就想找書來看。

民國七十四年，我大半不在台灣，當時我知悉蔡志忠當選十大傑出青年的消息時，內心深深的為他感到光榮與驕傲。雖然，那時候我們並不相識，可是我一直注意著他，內心也曾想過，以後的蔡志忠，會再畫什麼、寫什麼呢？他能不能夠再有另一個突破呢？而這種突破，做為讀者的我們是絕對不可以寫信去給他壓力的，畢竟他才是最明白自己的人。

當我的手中拿到《自然的簫聲——莊子說》這本書時，不必他對我講什麼，我自然而然的又看見了蔡志忠更上層樓的成績和進步。

在電話中，我問志忠：「除了莊子，下一本你畫哪個『子』呢？」他說：「老子也畫了。」我再追問：「那下一個是什麼『子』呢？」

志忠說：「是列子。」

列子、列子?當年我的「中國哲學史」考到九十九分的，卻不甚明白列子說什麼。於是，自己查、託人又去查，都只有時代、作者，並沒有關於列子這本書更進一步的說明，直到昨天晚上。

當我匆匆忙忙趕回父母家去的黃昏，我看見一本安排得整整齊齊的筆記夾放在茶几上等著我，翻開來一看，竟是蔡志忠的新作《列子說》的稿件。

當天晚上，不必再查書了，就將這本精緻的原稿《列子說》由〈湯問篇〉開始慢慢的看起來。

我看其中的思想、故事，當然也看漫畫，更看那些文字和圖片的佈局與安排。

一個念哲學的人如我，一面看一面覺得汗顏，原來還有那麼多引人深思的故事自己都不曉得。如果不是志忠請人送來原稿，我的常識不會再寬廣一點，這是要深深感謝他的。

又在電話中，我問志忠：「你怎麼選了比較冷門的這本書來畫呢?」

志忠回答得好，他說：「心裏喜歡的書，就去畫，沒有什麼特定的理由。」

我覺得志忠是一種林懷民所說的「自由魂」，他的談吐、繪畫，以及「古書新說」的方式都是出於一種自然。也曾跟志忠說：「這份工作很苦。」他笑著說：「忙、累都會有的，可是我不以為它苦。」

世上許多事情，只要甘心，吃了多少苦頭都不會受到傷害，它們反而成就了一種可貴的印記和生命的痕跡，成長中不可少的經歷與磨練。這種體認，我本身也有過，以此去類推，蔡志忠這條漫長的心路，就很能體會了。

〈和先聖並肩論道〉是蔡志忠收入《莊子說》這本書中寫的一篇前言，我的看法與他不謀而合，都寫在本篇第二小段裏去了。

我喜歡志忠在文章中與先聖「並肩」那兩個字的含意，也看出他在這一階段中所著手繪畫的大計畫和苦心。他的確正在「並肩」與古人一同工作。

目前《莊子說》、《老子說》都已結集。志忠的新作《列子說》也開始在這一期的皇冠雜誌上與我們見面。

我禁不住要為這一位勤力、勤思、勤學、勤畫的傑出青年，在這兒喝采、鼓掌加感謝。但願經過這一本又一本漫畫，使我們在觀看漫畫——賞心樂事的時光裏，自然而然悟出先賢的思想和人生的哲理。

蔡志忠，好朋友，請問你聽見了我們為你「起立鼓掌」和那一聲聲「加油！加油！」的響聲嗎？

註：《列子》是一本書名，共有八卷。過去的人認為是戰國時周國一位叫做列禦寇的人所撰。到了晉朝，張湛又為這本書做過注。又有清人姚際恆說，《列子》一書中的故事並不完全是列禦寇所原著，而是後世的人加進去的。總而言之，如果這本書中所寫的一些道理能夠激勵蔡志忠用心去畫，那麼我們就去讀一讀吧。到底是誰寫的又有什麼重要呢。

一九八七年一月《皇冠》三九五期

旗幟鮮明的活著。

——讀王新蓮

那天還在講電話，電線那邊的王新蓮已經被我的回憶變成了數年前的形象。雖然她一再的說：「我變了，我變了，完全變了……」

閉上眼睛，又是四個人的影子在眼前浮現。

那時候，我們在台灣中南部旅行，是——「今天不回家」的一種日子。

我們四個：阿潘——越雲、齊豫、王新蓮——蓮蓮，加上我。為著一張叫做「回聲」的合作唱片，離開了台北市，在中南部許多電台「做功課」。

我喜歡把工作叫做「功課」，用字不同，其中童年心理的詩化，仍然有助工作時強大的遊戲感覺。

其實，功課百分之九十九都做好了，以那張唱片而言。我們的情緒或多或少不再感染那最初空無一物而又必須實踐的壓力，都能再笑了。

就是那一天，在一家旅館裏，蓮蓮突然講起一部她認為很好而我沒有看過的電影。起初，她坐在地上講、講、講，雙手已經舞動，後來不自覺地站了起來，在我身旁繞圈子，最後講到精采結束時，砰一下倒在床上，兩隻瘦腿一擱給擱在牆上，整個上半身懸吊在床外，雙手一攤，臉上的表情突然放鬆——停止了。

當時，我不能進入蓮蓮講的電影裏去，一直張大了眼睛，觀察她本人的出神入化。也悄悄的問自己：「怎麼可能，前半年的日子，我居然被這個兒童給整到失去記憶？」兩度冷眼看看蓮蓮，她還是裝死在床上，臉上充滿了幸福光輝，微微含笑——是一個如假包換的兒童。

「噯，我不想讀妳。」我對自己說。

在房間裏梳頭，髮夾還沒有別上，她那間裏面傳來慘叫——不——要——我伸頭去看，齊豫手裏拿著一把毛蓬蓬的大刷子，說道：「一點點，一點點嘛！妳看，都不紅，看不出來吔！」那個抵死反抗的蓮蓮，臉上肯定沒有一絲胭脂影，手裏抓了面鏡子，另一隻手開始急速動作擦臉頰。

我看著這兩個快樂兒童，沒有什麼想加入的衝動，還是不明白她們目前這副樣子，怎麼可能將我記憶中一百八十個電話號碼都給炸光——包括自己家中的。還有地址。

王新蓮和齊豫，是我的「製作人」，她們「製」我的歌詞。

或說，當這兩個妹妹承擔下「回聲」這張唱片的全部製作時，我以為，在音樂部分她們是在行的，至於文字部分的觀念，她們管不到我。

還是沒法忘記那歌詞部分本身所遭受到的小劫。我看見自己一次一次燈下塗寫，第二三四日的整個下午，蓮蓮和齊豫跟我再度討論更改。不然全部打回票——很無情的。

我看到自己在九個月後已然趴在地板上，蓮蓮蹲在我身畔，微笑的，說：「那妳再想想，好，休息一下再想想，我們不逼妳。」我生平第一次想得想逃到宇宙之外去——她們怎麼不逼人？那時已經不能提筆了，都是用講的。蓮蓮又再講：「那妳要把星星擺在哪裏呢？」在她和齊豫問了一百五十次不同的擺法又不滿意時，我說：「四——面——八——方。」她們一拍手，我知道這一句答得好的一剎那，腦子就炸掉了，住了十七天醫院。

也因為那次的共同工作之後，使得蓮蓮和齊豫突然在南部變成小孩子的情況，令我不想去再讀她們。

九個月的時光裏；等於差不多一年了。蓮蓮和齊豫工作起來那份不要命的狠勁，並不能嚇倒我，在另一個角度上分析，我也有這種性情。可是小看了她們在文字上的極度敏銳和堅持，是我個人對她們掉了輕心。

她們表面上有一種偽裝，使人覺得糊糊塗塗，散散漫漫，其實不是的。她們以歌唱著名也只是一部分事實，正如我的文字一樣。其實我們的「餘力」還可以活得相當多元化——包括做做家事、旅行、數錢、記住約會的時間、別忘了偶爾變成小孩子……當然，她們不會忘記音樂，正如我難以完全放下這枝筆相同。

在「回聲」這張唱片中，蓮蓮挑去了我的一首歌詞〈遠方〉，由她擔任配樂。我將那捲音樂帶寄到維也納去，給一位古典音樂的作曲家。回信很快的來了，追問〈遠方〉的編曲者是誰，說她好。

本來為了這件事情想打個電話給蓮蓮的，後來匆匆離國，就此把自己變成了不再擁有回聲的影子了。

再來就是去年了，華燈初上的天母街頭，我看著前面一條迷你裙中的瘦腿，感到似曾相識，那人一回頭，兩個人都叫了起來，嘩一下擁抱在一起。看著眼前的蓮蓮，容光煥發，眼神中有什麼東西在閃爍，同樣一頭短髮卻甩出了另一種精神。她喊著：「我們今晚不睡覺，要去爬山。妳去不去？去不去？」我笑看著她，搖搖頭，霓虹燈下的蓮蓮，被我看到一點點不紅的胭脂，亮在她的臉頰上。

「這是我的名片。」蓮蓮遞上來名片的一剎間，我「囉！」了一聲，雙手將它接過來，小心翼翼的把它夾到一本書裏去。這時候蓮蓮和她的朋友們開步走了，一步一回頭的向我揮手。

我站在燈火下，含笑揮手、再揮手、又揮手，那首披頭的老歌：「我說哈囉——你說再見——」滲合著強烈的搖滾動感心悸，就在蓮蓮漸行漸遠的長腳裏糾纏了好幾秒鐘。

她和齊豫，加上我，曾經是共同譜作心靈旅途的朋友，而今竟也變成了一種比路人略略多了一些的風景，在生命中如此簡單的穿過，沒有留下太多不自然的情節。我覺得我們三個人，好棒。

我們揮霍過的功課，早已煙消雲散，賣了個滿堂紅彩，好似都已不再是我們的關心。蓮蓮有了新名片，她當然仍在走下去，也必然在變化下去。

我沒有照著她名片上的號碼打電話。

前幾天吧，我們兜著大圈子打電話，她打到我出版社，出版社立即轉告我，我打去ＩＣＲＴ，滾石唱片公司卻回了我電話——蓮蓮。

很久不講話了，又在電話裏彼此叫鬧了一番，蓮蓮說：「我在尼泊爾爬山，看見妳在一個小村落裏塗的招牌，一時太興奮了，衝進那家小店去找——妳，裏面的人說妳才回去過——想想看——在尼泊爾吔—看見妳的中文——吔——開心死了——」

最後，蓮蓮說：「要出書了，我——寫——的。奇不奇怪？」

我一點都不驚奇，想當然也的。

如果只是聽她唱歌，想到她居然跨過界來寫文章，一般人或許不明白，而我不但明明白白尚且沒有一絲意外。

在那「一起做功課」的時光裏，早已領教過蓮蓮對於文字應用的超級敏感和剎那間立即產生的聯想，這一方面，仍是她的世界，不過把那長腳輕輕伸了過來。

電話那邊又在喊：「我跟妳說，我變了、我變了、變了好多。唱片風格也變了，要不要寄給妳聽？」

第二天下午，一捲錄音帶悄悄埋伏在我的信箱裏。撕開信封一看上面的照片，不覺微微笑了。

說得沒錯，那站在天母街頭的她——又變了。

我忍住那份好奇，遲遲不肯打開玻璃封套，怕那全然不同的音樂和歌詞——她自己做的，流暢在我的房子裏時，那過去記憶中的蓮蓮因而從此在我腦中炸掉。

蓮蓮是一種在「自我的生命展現」裏急速變化的人。不可以，也相當難，就在此刻給她寫下太多的定義，因為她仍在變化中，而且快速。

我沒有向她討來新書的大樣，就如同對待她音樂方面的新作一樣，給自己的空間跟目前的她保持著一小段距離，我不去讀她。

可以確定的是——王新蓮至今還是一片滾動的石頭，更像一幅迎風扯起的大旗，她如此旗幟鮮明的活著，旁觀者的我們又能讀懂她幾分呢。

此篇為手稿

我看《凌晨大陸行》。

不久以前聽說凌晨、王明雄和他們的女兒小咪已由中國大陸回來，做為朋友的我按兵不動。所謂「兵」就是日常生活中的電話。

之所以不急著去聞問，實在出於一片體諒之情。台北人太忙，凌晨更是個勤勞極了的女人。在她洗塵期間，我們做好友的理當瞭解——塵這種東西她自己去洗的，不必強請吃飯反倒教彼此更沾塵埃。

我等著讀她的文章。

同住在一個城市裏，竟然甘於只在文章中看看朋友的經歷，這種君子之交真是其淡如水。我倒不認為有什麼無奈。朋友之間，三五年見一回就很夠了。十年也可以，一輩子不見，也沒有什麼好壞之分。總之不能先去約；雙方慎重其事的預先訂時間，再訂地點，然後牢牢記住不可失約的那種事情，只有在婚禮中的新郎是必要的，其他無大事的實在不必。

寫文章，取材是難的。驚濤駭浪並不易寫，日常生活難道更容易嗎？

凌晨膽子大，有關中國大陸，目前台灣那麼多人在動筆，她不避開這個熱門話題的原因，我猜，還是在於她有把握。或說，起碼她要試一試。

凌晨學的本行是新聞，她的電台節目早已變成了台灣人的生活習慣之一——聽著也是聽著，不聽嘛，好像沒看當日報紙似的，有那麼些不放心。

她先是說話人，後來加了一項身分——寫字人。

現在的凌晨，文字沒可挑剔，那支新聞快筆這才派上了用場，又快又準。

凌晨看大陸非常實際，讀者要知道的故國也許少部分關心文史、地理，但是凌晨最常在文章中提到的就是價格。這就跟美國《國家地理雜誌》裏的報導取向不同了。

中國人，包括凌晨和我，對於價格都感興趣，這並不是表示我們愛錢——我們其實也很愛錢不錯——而是，價格是一切生活的基本。如果凌晨下了飛機，服務業加了價格而凌晨文章中不提抗議之事，那就虛虛幻幻不好看了。這一點，不是凌晨迎合讀者而這麼故意去寫的，那是因為，她就是這種據理力爭的人，也很看重價格這種事。寫來生動的原因，在於不多講她的本身心情。她報導本身遭遇，這叫藝高。

旅行的隨筆，是一種寫作的挑戰。

旅行的衝擊，事實上比起日常生活來要高得多。旅行該是好寫才是，其實不然。

旅行就像一盤炒雜碎，吃起來什麼都有一點，看上去色彩也算豐富，就算還是剛剛起鍋馬上端上桌敬客——變成文章，看那一片的亂，怎麼講起？

一不當心，把盤色香味俱全的好菜，寫成了一張風景明信片，就給人退稿啦！

凌晨的大陸行，是盤雜碎。

她請讀者同遊的技巧，是個高明的剪裁師——這和她某一年狂熱的去學做衣服，有著不可分割的相連關係。她知道取捨的分分寸寸，一點也不浪費。衣服墊肩目前那麼流行，她卻不給文章墊什麼——她不誇張。

寫文章，在某些時候，某些人身上，主觀意識強，可能是一種魅力。在「報導文學」上如果也如此這般，那就得把報導那兩字拿掉只叫它文學了。文學到底是什麼，這看上去深奧，一般謙虛的人不敢說，一說就怕錯，國王的新衣，就是這類的故事。

凌晨不穿新衣也不拿國王出來考人笨不笨，在她的旅行裏，讀者看見了一個活蹦亂跳的中國大陸。別忘了，她目前還是「說話人」當正業的，請看凌晨的文中那些人，多麼會說話呀！

她的文章，何止是視覺報導，她使人好似就站在她的身邊，聽那售貨員正在向她怒叱：「我沒長耳朵，妳還沒長嘴呢！我就不愛賣給妳，妳敢怎麼樣？」

同樣的情形，去過的人回來寫，就寫少了那份十二億人共擠一片海棠葉子的騷動感。凌晨抓住了中國最大的人口問題，卻都只用旅行中小遭遇的小情況，寫活了那塊大地。

凌晨旅行時，看、聽、想，都替讀者服務周到。她的聽，是一絕。大陸同胞用語與台灣同胞看似相同，其實不大相同。看那小段「緊張世界」，人人口中說緊張，看得我這個讀者也緊張萬分。這種順手抓來的耳邊話，只有她和張大春。可是，這是報導必要，少了其實也無可奈何，那我也只好不緊張。報導大陸不報緊張，就缺了一種緊張精神，誰要看。

上面說過主觀寫作，那種寫作法，作者寫一個事件，一個社會，到頭來不留餘地給讀者本身下結論。作者不客氣，寫到最後，借著書中人物，講起自己人生大道理以及是非、道德、價值……把話題盡講透，讀者如果不點頭好似就是作者的仇人。這種文章市面上多得是，魅力在哪裏呢？魅力在於對付那種不看藝術生命只願甘心被洗腦的「識字人」——那不是給讀書人看的。

我們熱愛張愛玲的原因在什麼地方，熱愛的人當然知道。如果不知道講了也沒有用。話好像講遠了，其實沒有。這個地方，不提張愛玲不行。

一本大陸行，裏面洋煙講了、飯吃了、車坐了、親也會了、東西終於買成了。爭辯、抗議、沉默、歡樂、感傷，什麼都有，當然，大陸「民族花朵」——小孩子，也沒給忘掉寫上那麼一群。請看，要忍不住講大道理下結論的地方，凌晨留下的是好幾個小標題的問號。

她把空白留給讀者，她請看書的人自己去尋找答案，或說，她不給答案——因為沒有答案。總而言之，作者的這支筆對讀者很高估，她不洗腦。

講起小標題，處理雜碎這盤菜，世上只有張愛玲不必用小標題去分類清掃，這是一代大師。凌晨沒學張愛玲，是她的聰明。她用小標題，是必要，用得針針見血。

我們看凌晨大陸行，也許可能忘掉那個隨行的小孩子——咪。這不是凌晨的粗心，看那小咪不是安安全全跟回台北來了，可見做媽媽的十分盡責。我們在這趟旅行中為什麼看不見太多的小咪呢？這是作者故意的。小咪已有兩本書了，她的天空、她的成長，如果再續寫小咪那也歡迎之至。但是如果大陸行中凌晨筆下不「清場」，那十二億人口之中又加一個小咪東鑽西掉，文章搞不好就會亂。

這涉及主題取捨，這一回小咪不是主角，就不要她跑出來。小咪愛講話，一路講個不停，但在文章中，作者媽媽捂她的嘴，沒給她講個痛快。這個不許小孩插嘴，文就凝鍊。凌晨的大陸行帶回來的世界豐富，讀者有若置身在三百六十度的大銀幕中，前後左右、聲、光、色、彩全在嘩嘩的流動，身歷其境。

最可貴的是，這不是那種以主觀價值動不動就要去同情大陸同胞的文章。我們生活與大陸絕對不同——不錯。可是大陸是大陸，台灣是台灣，我們不能以極單純的表面批判去給大陸人民定位。他們之所以生活在今天的局面，背後有著太多歷史的因素和血淚。光是比較而不去分析原因，是太主觀了。

同情有時隱藏著一種優越感——並不完全如此解釋，可是一不處理好這個字，分寸之差就使人討厭。台灣同胞請不要自以為是，在大陸上拿物質去跟人顯炫實在膚淺可笑。傷害他人自尊萬萬不忠厚。

這一點，凌晨、王明雄、小咪，都沒有犯毛病。

我們看凌晨在大陸常常去抗議，這就是她的公平之處——要是這種情事發生在台灣，她也抗議。如果，她在大陸不抗議，碰到不合理的事情只是笑笑，那她其實心中就有優越。她的去講銷售員「不長耳朵嗎？」正顯出她心中的平坦之處。對於中國人，凌晨其實很愛很愛。

凌晨絕不講政治，她卻一定不躲開制度，這又是她的高明。她是報導者，不是批評者。批評，是看過這本書之後可能引起的情況，那就不是她的事了。這個人的筆，有守有分。

有守有分會不會失去文中的活潑？可能。就怕太當心，寫來五花大綁、老氣橫秋。但是我們看見了，這本書是一場電影，連食物的香味都快溢出來了，它活。

以上只是淺談我對大陸行這本書的心得，其實我所看見的，何止作者技巧，要說還有一車的話可以說。而我為什麼要再說呢？把一本書講得透透的，讀者看什麼去？那不是又低估了讀者嗎？

凌晨的先生王明雄也同妻女去了大陸，形影不離的。回來他也寫。我們來看看這個讀書人又打得一手好網球的他。他對大陸的角度取捨和妻子又完全不一樣了。

他寫的，也是人，他的觸角有時伸向明確分類的文化，而不是生活中一般食衣住行的文化——這兩種文化，其實都得觀照。

王明雄寫廟宇——不是死的廟宇，是那逃得了時光逃不掉廟的捕捉。這些年來，他潛究中國命理，心得甚多。不要誤會他樂意替你算命——買左邊那幢公寓好，還是挑右邊那幢會發大財。他講的，近乎哲學。

看廟其實還是看人——廟裏的人。王明雄愛人，他光看香火旺不旺？是不可能，那他去了也不會滿足。他要的是喇嘛、和尚、尼姑的內心世界——在一個社會主義的國家。大陸說話常用社會主義，也用共產主義，民間用語社會主義偏高。

我看凌晨，覺得她用報導文學看大陸的實際生活。細閱王明雄，他用內心世界自我的觀照投入廟堂中去，與千年的民間風俗信仰彼此呼應。

在王明雄的大陸行腳中，他濾掉了外在世界的雜質和騷亂，他的心神如此明淨而虔誠，他將自己毫不緊張的付與蒼天、大地、人子，以及那十年浩劫也拿不去的中國性情。在這次的某幾個探訪中，他得到了天人合一的交融。

我近年來看人看事，深覺歷史的極重要。在這一個觀念上，跟王明雄是不謀而合的。我們在王明雄的文章裏，可以發現這種歷史源流的相連關係在他的思想中時常出現。

也就是說，凌晨看山是山，她走這種方向。王明雄看山也是山，那山已不是這山，這中間，又迴轉了一步。他們夫婦之間合一本書，分工有默契。

凌晨好看，在於她有一份女人的實際。她的丈夫看他人好看，包括那些燒香拜佛求錢求子求富貴的眾生，都帶著悲憫和包容。

我們經過王明雄的筆下，跟他踏入「歸元寺」，看他慢慢挪動腳步，安安靜靜擠在人群裏，由一到五百，數遍所有羅漢。

在他的過程中，他以特有的慢調子筆觸，先安靜了讀者的緊張，再帶我們進入那一個在此不能分析一句寫作技巧的無涯內涵。當我看見作者敘述到他站在一尊吊在空中的羅漢面前時，他不由自主的向上伸出雙手，想隨之躍入無限狂喜的世界時，我的心神，慢慢跟隨飛入，我好似站立在一種有著浮塵空氣的光束之下，在跟那五百尊羅漢輕輕交換信息。我的靈魂被王明雄的這篇文章，帶去了大陸。

王明雄眼中的中國，再想提醒讀者一遍，充滿著敦厚的歷史源流以及宗教情操。他也是報導，他用他的心在向讀者訴說人間一切的可憫——這也是同情，又同情得那麼貼切。

我們看那街頭變魔術的老人，如何叫人給小錢猜姓。我們看當時王明雄幾乎就要流出來的眼淚，我們看他追著人去塞錢。我們會告訴自己，對了、對了，我也要去追那個人。

再來看看王明雄筆下的大上海。那時的他寫出了一場一千多萬人共同演出的戲劇。這時候，廟宇不見了、純淨的宗教情操隱藏了。那大上海的電車，響著噹噹的鈴聲開來了，那近代史上的人物鮮明的再度跑到我們眼前，他們炒股票、唱戲、跳交際舞……那徐志摩、那陸小曼、那黃金榮、那杜月笙、那個猶太人哈同和他的中國太太……

那張愛玲筆下的大都會，經過王明雄的提示和讀者本身的迴響，一場一場華麗舞台出將入相的出來啦！這時候，做過讀者的我，看書中的現在，想城市的過去。好像看見「百樂門」舞廳的那些女人和舞客。他們深夜裏打烊出來時的輕笑，滑落到我耳邊。

王明雄這次置身的大上海，是一種超現實的時空混亂。我們南方人——我父母的出生結婚之地上海，自小聽得太多。那種鄉愁，不是一片湖水的詩情，那是一個「魔幻城市」的呼喚；用出爐麵包的氣味、風月場所的歌聲、梅蘭芳的「貴妃醉酒」、法租界英租界的私運鴉片、搶地盤的黃包車夫、白相人的「閒話一句」、騷人墨客的吟詩喝酒、姨太太打麻將時手上的鑽戒、小學徒文謅謅的上海話、華洋夾雜的各色建築、上海灘、跑馬場、靜安寺路、先施公司、國際飯店、舞台、文明戲、男人、女人、錢、錢、錢……滾滾紅塵中那一場一場說不盡的繁華——

這是王明雄的〈上海夢迴錄〉，把讀者的我，再次吸入幻境，不能自拔。那份狂喜，是生命中真正有血有肉活著的滋味。

我們看《京華煙雲》想到北平。

我們看大上海，不可能忘掉張愛玲。

王明雄是怎麼去的？他甚而手裏拿了當年張愛玲筆下靜安寺路方位的資料。看他。

做為一個中國知識分子，我們必然深愛那個四合院的北平。但是如果有人不喜歡張愛玲筆下的上海，那我拒絕跟這種人講話。

王明雄的上海；現今的上海以及往昔的上海，如何在他心中澎湃，這篇「夢迴錄」寫來真教人恍如一夢。他是藝術的。

看完凌晨部分，我們喘口氣，休息三十分鐘。

然後，調適我們的情緒——進入王明雄。

一九八八年五月《皇冠》四一一期

一個無名的耕耘者。

要說起我的畫家朋友林復南來，實在是一筆陳年舊帳；想起他來，總有白頭宮女話天寶遺事的感覺。

其實林復南並不老，但是他是我的一個老朋友，老得哪一年認識他的，都不記得了。

我十幾歲的時候，夢想做畫家，也十分羨慕會畫畫的人，那時候，我自己塗一些小畫，也參加過好幾次諸如「全省美展」之類的畫展。

我因為自己是一個不入流的素人小畫家，對於別人的畫，就分外的留意。那時在台北的畫展，很少有錯過不看的。

有一天，我經過新公園的省立博物館，那兒掛著「南聯畫會」的大牌子，想來是南部的畫家們跑來北部開畫展。

我當然馬上簽了名，跑進去看看他們畫的是哪些玩意兒。在那一大群畫家掛著的畫裏，我很主觀的注意到一個叫林復南那人的作品。

當時我不知道他是誰，也從來沒有聽過他的名字，但是他的抽象畫我十分喜歡。

恰好同時，一位我「五月畫會」的老師也進來看畫了，我對他說：「這個林什麼復南是哪裏跑出來的，我很欣賞他的畫。」

我的老師順手指著就在一旁坐著的一個戴眼鏡的年輕人，對我說：「哪，就是他嘛！」

我嚇了一大跳，站在畫家面前批評他，卻不知道原來他靜靜的坐著偷聽，就那樣，我認識了我的朋友林復南。

（台南不但有「度小月擔麵」，有出名的「棺材板」小吃，有可口的粽子，還同時出了那麼多畫家，這個城市，真不敢小看它。）

沒過了多久，林復南跑到台北來闖天下。照理說，一個初出道的畫家，來了台北，人生地不熟，一定餓得頭暈眼花，三餐不繼。我看見林復南跑來了，很為他擔心，常常會問他：「你有錢沒有？有飯吃沒有？」

這個林先生，錢是沒有，畫倒是一大堆，看了令人心驚肉跳。賣是賣不出去，再看他那副樣子，好似也不在乎。賣不賣畫，飯吃得飽了，就去買材料，不厭的畫著他的畫。那一陣，他的畫風變得很厲害，我偶爾去看他的畫，我主觀的喜歡上了一張畫，就厚著臉皮討，一旦看見我個人不喜歡的，就站著大聲的批評他，儼然是一副有眼光有派頭的大畫家一樣。

為了不餓死，林復南用了他部分的才華，去做了美術設計的工作，幾年下來，他的生活較以前安穩多了，固定的收入，也可以被我們這些朋友敲敲小竹槓，吃吃「石頭火鍋」。

也許是「石頭火鍋」吃多了一點，林復南的腦筋變得越來越頑固，我以為，他袋裏有了錢，可以出去交交女朋友，做一個風流畫家，但是十年下來，他在交友方面一無成就，在繪畫上，卻固執的堅守他的崗位，有了餘錢，付了房租，想到的就是去買繪畫的材料，他花大錢，畫下了一大堆賣不掉的東西，不但不愁，反倒自得其樂，他是我少見的笨人之一。

有好一陣，我們這些他的朋友，等他下班了，約他去遊華西街，他總是說要畫畫，我們問他：「你上班不是整天在畫，下班了還要找死？」

他笑笑，不說什麼，他繼續畫他的畫。

我看林復南，他不用畫賺錢，反而賠了錢去畫畫，我想，這人不是天才就是白癡。

我再細看他，兩者都不像，林復南對藝術的熱愛，是冷靜的，持續的，有條理的，日復一日的。

他很少跟人爭論藝事，他甚至碰到了生人，連一句美術上的事都不講，他從來不說自己的畫好，他只說他比較喜歡他某一個時期的畫，他甚至有幾分老實而木訥。

這麼一個沉默的人物，本分的人物，十多年來，他沒有妻子兒女，他只有一個永生的愛人，就是他的畫。

有時候，我看不過去，也會罵他──「你這種傻瓜，畫到死，也沒有人知道你。」

他總是淡淡的一笑，也不分辯，對著這麼一個淡泊得如同白開水的人，我心裏也不由得嘆服起來。

這就是我的朋友林復南，他在廣告設計上，也許小有名氣，但在畫展這種事情上，他就不怎麼熱心積極。

出國後，我很多年沒有跟林復南通信，等我回國了，他不變的恆心，像地球自轉似的仍在搞他的畫，我看他仍不開畫展，真是令我折服而不解。

再出國後，我聽說林復南開始去做版畫了，以林那樣的性情和細心，做版畫應該是十分合適他的。

我一直沒有再看到他的作品。

去年，我住在沙漠裏，他突然寄來了一大捲版畫給我，我一看跳了起來，他的作品，在我十分主觀的審視下，我認為已經找到了他該努力走下去的路徑。

那幾張色彩樸素的版畫，有著說不出細膩的詩意和蒼涼，這種內涵，在他不斷的努力裏，終於顯出了不凡的光輝，而他的情感，仍是冷靜深沉的，他的畫，越來越耐看而感人。我很為著他的進步而歡喜。

前幾天，復南又寄來了他幾張版畫和一張大油畫的幻燈片，他的畫，有幾幅題名故鄉、入秋、落日、神話……我可以看出，他的感情，仍然是從大自然裏融入的靈感，一派古樸風味，他走版畫這條路，是十分合適的。

另外他寄給我看一張大油畫，色彩豔麗，筆調奔放，明朗有餘，而感動我的力量卻不及那幾張極優美的版畫。這自然是我十分主觀的看法。

林復南，在經過那麼多年的努力之後，他仍謙虛的對我說，他夏天要離開台灣了，他要用一年的時間，去世界各地偉大的美術館參觀學習，同時他更想學到更新的版畫技巧。

在他離開家國之前，他要在四月下旬和五月上旬，分別在台北及台南的美國新聞處，將他的畫做第一次個人的展出。

六月中旬，他另有一個畫展在紐約這個大城市，跟這世界見見面。

我深深為我的朋友驕傲，林復南是一個極謙虛的人，他的畫展，只表示，在他漫漫的天路歷程裏，他又跨進了一步，也許，他一生會沒沒無聞，做一個到死也沒有人知道的畫家，但是，我相信，在他當初下定決心，要把自己的一生，投入一個對藝術而狂熱的境地裏去時，他已很清楚的選擇了自己的命運。

往後的日子，是好，是歹，在他都不重要，最重要的是，他有信仰，他知道這個世界上除了金錢之外，還有其他有價值的東西，值得如飛蛾撲火似的將自己毫無畏懼的投進去。

我在他畫展之前，在很遙遠的異鄉，替他歡呼鼓掌，願這一個無名的畫家，繼續為他一己的理想，發出人性燦爛的光輝來。

一九七六年四月二十一日《中國時報·人間副刊》

又見笨鳥。

笨鳥王大空的確飛得不算快，平均每四年左右飛出一本書，是比較慢的一種飛行法。我喜歡王大空的人，也喜歡他的書。這一次，看到他的新書《笨鳥飛歌》，心中說不出有多麼高興。回憶起來，如何認識王大空的，偏偏怎麼也想不起來。有一回別人問我：「妳如何識得王大空先生的？」我順口說：「他好像是我的同學。」

這句話乍一聽上去像是開玩笑的，事實上自有它的因素和情結在。一直把王大空當成好朋友和同學。這種關係，是怎麼產生的也不知道。總之，在任何很不有趣的場合，一旦見到那隻笨鳥朝我微微一笑，我的心情立即會快活起來，也從不加上「先生」兩字，總是連名帶姓的喊得很親近。

我總認為，一個人，文好當然重要，可是「文如其人」就更可貴了。王大空就是這麼一個人。

有一次，在一場很不好玩的酒會裏，我必須要到一下，給主人看清楚，然後才能夠開溜。

那天預測會碰到一位收集小玩意兒的文友，所以在皮包內放了一組蘇俄木娃娃給那個朋友帶去。為了周全，在皮包內又放了另一組同樣的娃娃，萬一有人在酒會裏向我討，那麼這套候補的就派上了用場。

再也沒想到，是那個西裝筆挺的王大空，跑到我身邊來，輕聲問著：「妳那套木頭娃娃還有沒有？」

我悄悄的把那一組後備娃娃塞給他，他往口袋裏一放，就沒事人般的跟別人講話去了。

當時，我心裏吃了一驚，這個大空，在骨子裏有著那麼一份固執的頑皮，那份童心未泯，令人震動。他，來討的竟然是娃娃，請看看這隻笨鳥不老的秘密。在他面前，什麼叔叔之類絕對喊不出口，就因為他給我的感覺那麼年輕，只能把他當同學，可是在心中，卻是十分敬愛他的。

王大空會說話，而且說得好，是誰都知道的事。卻很少有人注意到，笨鳥心思好細，做人也灑脫極了，在他身邊，沒有不自在的人。

有一次，也是在一場大聚會裏，一群長輩極善意的問起我：「三毛，聽說妳有喜事了，是不是快請我們喝喜酒了？」

我愣了一下，笑說：「沒有呀！」

旁邊的人一直認為我是在躲問題，接著又追問了幾次。當時王大空站在我旁邊，接口就說：「沒有的事，如果三毛要結婚，她第一個告訴我。」

就這麼輕輕一句話，王大空把我的「圍」給解掉了。這些小事，他天天在做，我卻真正把他的那份細心，放在心裏感激。一個人會說話並不是件易事，王大空說話，天時、地利加上他的——人和，就不簡單。

在王大空要出第三本書時，我跟他說，那個「笨鳥」兩字不可以拿掉，因為「王大空是笨鳥，笨鳥是王大空」，已經是路人皆知的事，不用這兩字太可惜了。

笨鳥果然一笨、再笨、三笨，真是深得我心。不但笨，這一回笨得連飛帶唱的，看上去十分快樂，可見笨鳥飛行技術越來越高。

《笨鳥飛歌》這本書我一共看了三次。在這本書出版之前，個人正好葉落歸根，回返到這片離開了二十一年的土地上來定居。看見王大空寫的：「是歸人，不是過客」中的幾篇文章時，我的眼眶發熱，心裏翻騰，那份與他一式一樣的情懷——對於自己家園的愛，全都被王大空痛痛快快的講了出來。當我看見王大空想發起一個「死在臺北」的運動時，恨不能在深夜裏打一個電話給他，對他說：「對啦！對啦！就是這樣啊！王大空，好傢伙，我真是喜歡你。」

這樣精采的一個人，你能不對他喝采嗎？

笨鳥說他自己笨，劉紹銘說他不笨，我覺得笨鳥還是真笨。那份純真、那份愛心、那份至今淡泊的胸懷、那份勇於講話的氣度、那份又執著又包容的寬厚，都是「若愚」的笨人才具備的條件。王大空特別提出的「誠實」，在這個人人成精的社會裏，竟也有那麼多人——如我，在這個字上跟他深深的認同。因為我也笨得很可以了。

更可喜的是，看見另一個不同的王大空，在同一本書裏，給了我們屬於他的一些愛情故事。

在《笨鳥飛歌》裏，有一篇〈人生最苦是憹情〉，說到當年在上高中的王大空，愛上了一個打籃球的女孩，通了幾封信之後，利用極短的假期，乘船、翻山、走了幾百里山路跑去看那位女孩。我以為，經過這番折騰，到了見面的時候，必然另有一番起伏，沒想到那個少年的大空，只把身上毛衣脫了下來，在空中揮舞，揮完了，兩個人沒有講話，而王大空帶著「我已經看見她了，已經見到她了！」的狂喜，就這麼走了。

這個故事雖然在結局上是令人悵然的，然而看了那一篇之後的好幾天裏，無論我在忙著什麼事，眼前浮現出來的總是那一個高中生，狂跑在操場上，揮舞著那件藍色的毛衣，把那份純真得如同明月一般的情，不說一個字的揮了出去。

那個少年，為什麼在我的腦海裏活生生的一遍又一遍的出現呢？那份感動裏，有一些東西；純淨的東西，在這個社會裏已是難求了。偶爾看見這份純，心裏總有那麼一絲絃被人輕輕撥出幾個寂寞的音符——噯，也是好的。

笨鳥在這本書中做了好幾次的逃情者，那不止是他個人的問題。處身在當年那個動盪的局勢裏，許多生離就如死別一般的身不由主。可貴的是，笨鳥就笨在他的不能相忘和懺情。許多年過去了，如果王大空完全否定了那某一階段的感情，才叫是個冷漠的人。

笨鳥也不完全做笨事的。昔日的女友，明知住在美國洛杉磯，王大空幾度路過，從來不再去看她，只對自己說：「相見爭如不見」，也就算這一生。他的那個「爭如不見」是真理，也是看透了人生之後的一種悵然。如果，如果兩人再相見，那才叫畫蛇添足，就不美了。

所以說，王大空還是個有分有寸又懂得情的人。那分寸之間，捏拿得恰到好處，一般人看笨鳥有沒有看出這一點來呢？

再看這本《笨鳥飛歌》，發覺王大空在一篇〈風浪馬祖行〉中，居然提到一本我個人深愛的書籍——《幽夢影》。這又是一驚，亦是一喜。原先，只有一個朋友，可以並談此書，而今發覺王大空亦提這本比較冷門的書，心中深感欣喜，只是沒有時間與他共話。有著這份同感，已經很不容易，在一個忙著賺錢的時代裏，還有人如他如我，在那兒幽夢影，可是夠笨了吧！

最後看見王大空在書中對於這個社會，這片家園，提出的愛和責任，讀來深以為是。看得出王大空對這片土地的熱愛是至死方休的。他可以走，他不走。他可以去移民，他不去。他住在一個並不算好的社會裏；甚至可以說，一個總往他頭上傾倒垃圾的環境裏，還在狂愛著這片屬於我們的大地。傾倒垃圾不是形容詞，是王大空一篇叫做〈芳鄰不芳〉的文章中真實的故事。

最後王大空留給一個讀者如我的，是一個強烈的——「我們的」觀念。這種觀念，作家曉風有，王大空有，另外千千萬萬個我們，也有。

這本書，說出了許多不同而像的觀念和行為，也許它並不如此的文學，可是在字行之間，使我們處身在一個看似昇平，其實不然的社會裏，著實需要這一類的笨鳥多付些苦心，多寫些文章，使我們不能再自我陶醉下去。

笨鳥，笨鳥，請你再飛吧！就算一輩子笨下去，而有那麼多笨人跟你一起飛，我們這個暴發戶的社會，會不會因此起飛到另一個更高的層次上去呢？

我肯定，那是會的。

一九八七年二月二十日《中央日報・中央副刊》

我與文亞。

提筆寫這篇文字，想到遠方的文亞，心裏充滿了歡喜，這幾年來，她的努力和成績是顯而易見的，我亦分享了這個好朋友的喜悅和光榮。

今天知道文亞將有一本取名《墨香》的新書，覺得很有味道。一本書的名字雖然並不十分影響它本身的內容，可是如果名字取得貼切，總是更好些，文亞過去的幾本書，如：《橄欖的滋味》，如《心靈的果園》，在我看來，都是好得無法用另一個題名來代替的。

《墨香》是文亞的又一本訪問集。事實上，文亞寫作的風貌一直很不相同，小說、散文，她寫，讀書專欄亦沒有停過，可是給一般人印象極深的，還是要歸於她的訪問稿。

我因為對文亞各類的作品都看，所以起初並不覺得旁人對她的認識如何，直到在國外碰到中國朋友們，他們知道我是文亞的好友，都爭著向我討她的相片來看，每次看文亞，總有人驚嘆這位在國外大大有名的「訪問專家」竟是一個如此年輕嬌小甚而看上去有些俏皮的小姑娘，意外之餘，總是佩服得很，我想，文亞的健筆和比較一般新聞稿更有些深度的文章，使人對她產生錯覺，總以為她該是一個道貌岸然，不苟言笑的小姐，那實在是有趣的謬誤。

這幾年來，因為工作的關係，文亞的確是出了許許多多篇精采的專訪，被她訪問的對象雖然各行各業各階層的都有，可是她受注目的真正好文，還是訪問學人和作家的一篇篇有分量而稱職的報導。

文亞選擇訪問的作家們，本身都有他們不同的異彩和雄厚的內涵，也都是極有智慧的人物，這些原因，固然造成了文亞專訪中的骨幹和精神，可是如何將這一個個智者的思想和心靈，在短短數千字的訪問稿裏貼切完全的表達出來給讀者，這就要看文亞的功力和素養了。一些不輕易接受訪問的學人作家，文亞登門討教訪問，總會得到他們的首肯，這絕對不是偶然的事情。

文亞是一個讀書人，她的文字靈活，感覺敏銳，本身亦具備了水準以上的文學和藝術的修養與認知，所以她是記者，也是作家，往往一篇訪問成篇時，已是極優美的散文，這是有目共睹的事實。她筆下的報導，多多少少受到文壇的認可和偏愛，總認為無論怎麼樣有深度的作家亦要有夠風格的文字來介紹，文亞在這一點上，是不能說不稱職的。

個人對於文亞的散文和某幾篇小說一直十分喜愛，她一共出過七本書，早期的第一本書，是不滿二十二歲的作品，可是我總感到，其中一些散文，無論在技巧、文字和心思上，都已超出了同年齡作家的東西太多，可惜她自己卻不太重視那第一本小書，現在市面上也沒有賣了，唯一一看再看的讀者，可能世上只有我這一個。文亞的《煙塵小札》亦是很特別的，其中有些我愛，有些覺得平平，這自然是十分個人化的看法，可是對於文亞，因為她是知交，對她的作品反而看得挑剔。最最使我心儀文亞的，還是她文字上安排的簡潔、適當和靈活，她知道何時放，何時收，不必要的句子絕對不肯多用，文章的結尾往往悠然而止，留下一絲說不出的餘味讓讀者自己反覆體會，這是她在寫作處理上極大的長處，也可以看得出，她的讀書，是活用的，不是個激情的寫作者，她給自己往日打下的根柢，沉澱了許多青年作家往往掌握不住的隱和靜；當然，她的記者工作，不斷的提筆，對她個人的創作上來說，仍是一份很大的幫助和磨練。

《墨香》這本書裏，文亞選擇了我內心十分仰慕的數位作家，她發表這些訪問時，我亦看得很仔細，有一次她寫信來，說與某某作家談話，實在是得益很多；又說某某人十分的有趣，與他相處做訪問，是一大享受。這種時候，我總特別羨慕文亞，與智慧人物一夕談，該是每一個渴求知識的人最大的想望，想來看了文亞這本書的讀者，也一定會有這樣的看法。

文亞不但上班，尚有嬰兒、家務和病痛來分佔她有限的時間，可是她在寫作的路上從來沒有停歇過，她甚而跑得勤快而賣力，也許有人看見文亞那麼瘦小的外型，會驚異在她背後支持她的到底是什麼力量，我因為瞭解文亞較深，倒不十分奇怪她這份對寫作的執著與熱愛，文亞是個癡人，在文學的天地裏浮沉，對她是再幸福不過的事，有時我看她病了，忙了，好似撐不下去了，突然一下報上又出現她的文章，這一些別人看去的重擔，在她，都是甘心情願，世上也因為有許多如她一般的癡人，世俗看上去沒有價值的一些工作，也因此得以延綿。

我與文亞成了好朋友倒並不因為她寫作，我們有自己除了文學之外說不完的話題，文亞的待人接物極像她的文體——清淡、悠然、明淨而公正，她不在文章裏刻意討好任何人，也不在意別人欣不欣賞她，她是一幅乾乾淨淨的松林、溪水和大雪山的圖畫，畫裏沒有雜質，我敬她，也是她這種個性吸引了我。她年輕，卻因為工作的關係，必須投身這個大千世界，面對一切的美醜，可是在這樣的環境裏，她一直保持自己的寧靜和豁達，奇怪的是，她真真誠誠的在好朋友面前坦露自己的思想時，尚一如赤子般的歡喜和單純，這是她對人世明理通達之後一個藏在她心裏的秘密，文亞，甚而是一個十分鬼花樣極多的可愛女子，這種個性，在她以蘭大春為主角的小說裏，常常可以看見，專訪時，她又是另外一個人了。

有一次文亞來信給我，信後附了一筆給荷西，說在台北看了西班牙大文豪塞萬提斯所著的《唐・吉訶德傳》改編的電影《夢幻騎士》，感動竟至落淚。

我想，在今天的世界裏，會受到吉訶德精神感動的朋友已經不可能太多了，文亞雖然在一般人眼前，可能只是一個比較傑出的青年人，可是我知道，在她的內心，她對生命有不斷的追尋，她是執著的，是癡迷的，一時裏也許她已在付代價，可是有一天，生命會給她回報，而回不回報實在也不重要了。

一九七八年九月五日《聯合報・聯合副刊》

漂泊的路怎麼走？

——給柴玲的一封信

柴玲：

雖然妳還年輕，可是跑累了的時候，還是需要休息的。聽報上說妳身體不大好，那麼躺下來靜養十天半月也是該當的事情。如果妳真的愛惜自己，答應自己放鬆一下，下面所寫的另外一個故事，或許可能陪伴妳和封從德三五分鐘的時間，就把我的文章算是病中下了一盤不在乎輸贏的休閒棋，解解氣悶好不好？

昨天，我從台視公司走出來，想到剛剛看到的錄影帶子，我對自己說：「不要為了前五分鐘我所看見的畫面、我所聽到的講話，在街上一個人下雨，也不必跑回家裏把自己的門再度關上，又去聽姜育恆所唱的那首歌——〈歸航〉。現在我應當做的事情，就是照著記事簿裏排定的秩序，去實行、處理生活上密密麻麻的瑣事，沒有別的了。」

於是，我大步走向郵局，不坐車子，充滿精神的那種走法。而我又聽見有聲音在我的心裏說：「中華民族，我再也不為妳流淚，中華民族，難道這一生我為——妳，所流的眼淚，還不夠還不夠多嗎？」

一時裏，我的眼睛卻突然盲了。

從郵局二樓下來的時候，我看見一個老太太，左手拎著皮包提著雨傘，右臂扳住扶手，一寸一寸的正在向上爬。她的頭髮，風中蘆花也似的白裏泛黃，人嘛，不過三十公斤吧。我猜，大概八九十歲以上了，怎麼一個人出門呢？

我將自己的皮包一斜背，蹲下去就要抱她，那位老太太跟我客氣，一口東北鄉音的普通話，說：「妳挾著我就好，這就勞您費心啦！」

排隊匯款的人群，看見老太太的樣子，自動讓出了窗口。

我說：「這位伯母，我有的是時間，如果您信任我，單子我給您老填上，金錢，伯母自己過手好不好？」

就有一位小姐輕輕接了口：「我也匯款，這位伯母就交給我好了。」說著這句話，那位小姐臉紅了，好像做錯了事情一般。一時裏，我的眼睛又突然盲了。

在一樓，我握著一疊信件，向窗口的小姐口齒特意清楚的說：「請給我二十五張九塊錢的郵票。不過，如果妳不在意，請為我三塊兩塊或者幾塊的郵票湊成九塊郵資，這麼一來，收到信的親友或許在集郵的，會更加高興。」

售賣郵票的小姐說：「那就會湊出有旗的三塊錢郵票來啦。」我說：「這個對大陸政府很不禮貌，不可以哦。」我們雙方交換了一朵瞭解的笑容，我被這淺笑一迷，忘了遞進窗口的到底是一千塊還是五百塊的票子。這沒事，她哪裏欺人呢。

出了郵局，我張望街頭，那位賣玩具小汽車、吃檳榔、拿自己穿著的黑褲子當抹布替客人擦灰撲撲盒子的朋友並不在做生意，心裏有著那麼一絲悵然。上星期買了他整盒的汽車還順便訓了他：「盒子那麼髒還想收錢，你也帶塊布來給擦一擦呀！」他就是那麼拍一下往自己腿上去為我抹了灰。同時說：「小姐貴姓，如果我追求妳，妳接不接受？」我用他同樣閩南口音的普通話笑著回答：「姓陳。接不接受是另外一回事情，可——樹，你先生這幾句話，對任何女性來說，都是最懂心理的讚美。多謝多謝。」

我在找我的玩具汽車朋友，眼光卻帶到了另外一個地攤，那個人，深藍色的底布上，一色文房四寶加上玉石、印石。我悄悄睇了那人一眼，他接到了我的目光。他——文雅敏感又多禮，倒是微胖的顏體字。我們笑著相互點了一下頭——我蹲了下去，一指指向硯台群中間——那一方。只要看它。

「小姐好眼光，這是真正紫端，貴囉。」

我又看了那人一眼，笑笑，這口氣就在手指輕輕摸過石質的同一秒，呵上了硯台。那時，我穿著牛仔褲、紅格子絨襯衫，披散著頭髮，一雙不再清潔的白球鞋。「是了，這跟歙硯不同。松花硯當然更不一樣。洮河石硯不會是它。不過——您看您這硯上的鴝鴿眼，是做上去的嘛。」說完我向這位生意人一笑，說：「對不起，賣弄了。向您討教。」

那時候，那個人眼睛一下子有了生命，不再看見我的衣著和鞋子，他提起一個小錦盒，一面開一面說：「小姐看看這塊好墨，如果您再挑剔我沒——」我看那盒子方啟，就說：「是錢什麼翁書畫寶墨了。不過，我是用青墨的。嗳，又掃了您的興，對不起，我這就走啦。」那位生意人，突然嘆了口氣，說：「小姐，生意不成，跟您談談也是好的，我看小姐倒是個不驕之人。嗳，過去，我哪裏是路邊討生活的呢，要不是去年一場大火，燒掉了我全部的家當——」我說：「你的墨不錯的呀！」他說：「去年這個時候我還是個開進口轎車的人。不偷不搶，白手成家，錢有多了，就愛換了收藏，那場大火，燒得我——」我說：「你沒買保險？」他說：「沒有這種觀念。」我說：「你不放保險箱？」他苦笑：「大件的東西放進保險箱？」我說：「您先生講故事了。」他把皮夾掏出來，給人看了一張火災剪報，又掏出身分證明來；驗明正身。

我沒有接過來熱心的細看，說：「看到了。」

話鋒一轉，我說：「你還有什麼好東西？不要這攤子上的，要你藏在身上的真品。」一塊「昌化雞血紅」印石就從這人口袋裏掏了出來。我凝神把玩了一會兒，不作聲。改換話題這件事情，其實我並不是沒有不忍。

「這我不賣的。」他說。「很美，我欣賞就好，也買不起，也不想佔有。」我輕輕說。又說：「你身上還有什麼好東西？」那個人，掏出兩小塊煤渣子一般的碎墨，交在我手中。「出土的。」他說。我捧在手裏慢慢翻、看、摸、聞……耳邊轟隆隆開過的機車聲音全部消失，只聽見，這位攤著地攤的人，一句一句對我開始講墨經，而我只敢悄悄的回答：對了、對了。對了、對了對了……

我忘記了我最寶貴的東西——時間，在這臥虎藏龍的台北街頭。

那時候，地攤邊走過一對白人遊客，他們都已經走過去了，又轉回來看視這個攤子。在我駐足聽話好長久的時光裏，沒有台北人為了文房四寶停下過匆匆的腳步。「您生意來了。」我說。那位還在談墨史的人不停話。只夾了一句：「沒事，不理他們。」然後再說。

「現在我跟您小姐也只是談談而已，過去收藏了多少好東西，要不是那場大火，多少骨董——小姐我可以交在您手裏讓您欣賞把玩——」

我說：「有得方有失。不去想了。」他說：「話是那麼說，小姐沒有失去過心愛的東西，不能明白我這種心頭極苦——」我說：「舊的不去，新的不來。這番境界，先生想來您是明白的，那場大火，難道對您一無益處嗎？」

他說：「對了，東山再起。」

「就算不想再起了，又如何？」我向他輕輕一笑。

這時一輛公車貼著開過，十字街邊一陣飛沙走石迎面向我們撲了上來。那人稍稍背了一下身子。我不動。

天沒下雨。我打開皮包，將一疊雪白的化妝紙交在那人的手上。他臉溼了，沒有防著，一直用手在擦。又說：「要不是去年那場火——」

我突然厲聲：「天地逆旅，過眼雲煙罷了。先生您學問比我高，年紀比我長，就這一場大火，您看似人沒燒死，心怎麼給惹了那麼多塵埃？這不是白白燒了您，沒有學到功課——」

「功課？」他慘笑了，「擺地攤，賣低檔貨。功課？功課？小姐您叫這個是功課？」

我再微笑：「現在的日子怎麼樣？」

畢竟是個有悟性的人啊，他沉吟了一下，說：「尚好，謝謝您。」他將眼睛正對著我的雙瞳，微微淡淡慢慢深深的流出了接近舒坦的笑意。一時裏，反而是我的眼眶，熱了。

我笑說：「先生，我們交個朋友，我姓陳，單名一個平字，就住在附近。讓我把電話號碼留給您可不可以？」

他立即拿出了一本記事簿，交給了我一枝筆。一時裏，我感受到一種溫暖和喜悅在雙方的心裏滋長。

我仔仔細細、清清楚楚、端端正正的寫下了我的姓名和電話，說：「如果您這兩個月裏找我，電話沒人接，可別以為我誑了您。是因為我要去走絲路了，一時不在台灣。」

他說：「那條路風沙大、不好走，小姐您可仔細身體。」我說：「好走的路難度不高，倒還不愛呢。倒是等我回來的時候到哪裏去找您呢？」他說：「我是不固定攤位的，漂泊的人，今天明天，走到哪兒就擺在哪兒了。」我知道他必然有個住宿的地方，他不說不寫，畢竟有著心裏的難處，我也就不追問了。

「好，那麼我們隨緣吧。」說著我向他伸出了手，他立即握住了我的手，緊緊的握著我的手。在我們身邊，另外一個攤位賣著彩色藤籃子，生意好興旺熱絡的。我拿眼睛向這位朋友示意，笑說：「賣什麼文房四寶呢，不看人家生意多好。」

還是握著我手的這位先生說：「愛嘛，我就愛這個。」我笑說：「對了，我就等你講出這句話來。」

我們的手拍一下鬆開了。我不再回頭，搶著十字路口綠燈亮出來的那一剎，匆匆奔跑過街。在我前面，那位郵局裏被我挾著扶上二樓的孤老太太，正走得東倒西歪的，眼看她險險要絆倒在一堆草莓盒子上的當兒，我將她由後面輕輕一抱，說：「伯母不怕，我不是要搶妳，台北地攤太多不好走路，您信任我的話，就讓我送您回去——」

我終於回家了，在深夜十一點半的時候。下午出門時太匆忙，忘了預先留燈，一個人住，倒是沒有人擔心我的晚歸，這太好了。

我脫掉鞋子，到冰箱裏去拿了一杯「果乳」，算給自己的身體每天一次食物的交代。打開收錄音機，那條老是聽、老是聽的帶子自己就放起來了——有沒有不願回家的水手，有沒有不准停泊的港口，有沒有人告訴過你，這條回去的路——不——好——走——

柴玲，這等於是我的一篇日記，粗略的流水帳。發生在公元一九九〇年四月四日兒童節的那一天。地點在，台北市八德路郵局門口。

這不過是一個「真真實實」的小故事，除了那位交換過姓名的先生，我不能公開。微不足道的我和他——兩個凡夫俗子的人間小插曲而已。多感聰明的封從德和妳，當會明白，真實生活中句句玄機的真理。

夜已深了，看了上面的故事，不要聯想太多。背井離鄉的歲月，漂泊開始的現在，記住呀——柴玲，把生命的根帶在身上。妳——繫緊妳和封從德的鞋帶，將這條路——天涯海角，好歹走下去。

睡了，請你們擦去今天的淚——休息。

晚安。

三毛

一九九〇年四月七日《聯合報・聯合副刊》

【附錄】三毛手稿(一)

撒哈拉之心

三毛

曾經這麼想過，如果有一天，有一個女兒，她必要被稱為；撒哈拉，阿非利加，萬羅，陳。SAHARA AFRICA QUERO CHEN。這個名字，是她的父親，母親和北非沙漠永恒的結合與記念。

空一行排版，謝謝。

沙漠的居民一再的說——那些沉迷安樂生活，美味食物和喜歡跟女人們舒舒服服過日子的人，是不配去沙漠的。

雖然自己是一個女子，卻實實在在明白了

NO. 1

這句話裡的含意。

也許，當年的遠赴撒哈拉，最初的動機，是為着它本身的詭秘，荒涼和原始。

這一份強烈的呼喚，在定居下來之後，慢慢化生為刻骨銘心的愛。願意將它視為自己選擇的土地，在那兒生養子女，安居樂業，一直到老死。

每一日的生活和挑戰，在那筆墨無以形容的荒原裡，燒出了一個全新的靈魂。在生與死的極限裡，為自己的存活，找出了真正的意義。撒哈拉的孤寂，已是另一種層面的崇高。大自然的威力和不可測出的明日，并是絕對的。

在那一片隨時可以喪失生命的險惡環境裡，如何用人的勇氣和智慧，面對那不能逃避的苦難—而且活得泰然，便是光榮和價值最好的詮釋了。

大自然是公平的，在那片看似一無所有的荒原，烈日、酷寒、貧苦和焦渴裡，它回報給愛它的人，懂它的人—一生的欣喜，悲傷，啓示，体驗和不屈服的韌性和耐力。

撒哈拉沙漠千變萬化，它的名字，原意叫做「空」。我說，它是永恒。

沙漠裡，最美的，是那永不絕滅的生命。

是一口又一口隱藏的水井。是一代又一代的來和去。是男女的愛恋和生育。是小羊小駱駝的出世。是风暴之後的重建家園。是節日，是狂歡，是年年月月日日沒有怨言的操作和活命理所当然的活下去。

NO. 2

沙漠的至美，便是那一棵棵手臂張向天空的枯樹。是一朵在乾地上掙扎着開盡生之喜悅的小紫花。是黃昏裡一隻孤鳥的哀鳴。劃破長空。是夕陽西下時，化入那一輪紅日中那個單騎的人。

也是它九條龍捲風將不出一声的小羊抽上天地玄黃。也是它如夢如魅如妖如真如幻的海市蜃樓。是近六十度的酷熱凝固如岩漿。是零度的寒冷刺骨如刀。

是神，是魔，是天堂，是地獄，是撒哈拉。

是沙堆裡挖掘出來的貝殼化石。是刻着原始壁畫的洞穴。是再沒有江河的斷崖深淵。是傳說了千年的迷鬼獫狺。是會流動的墳場，是埋下去四數十年也不腐坏的屍身。是鬼眼睛和蠱術。是寒月，是膜拜。是地也老、天也荒。

皇冠稿箋 25X20=500

沙漠的極美，是清晨曠野，牧羊女脆亮悠長的吆喝裡，被喚出來的朝陽和全新的一天。

沙漠是一個永不褪色的夢，風暴過去的時候，一樣萬里平沙，碧空如洗。它，仍然叫永恒。

撒哈拉啊！在你的懷抱裡，做過沒有鮮花的新娘，在你的穹蒼下，返璞歸真。

你以你的夥伴太陽，用世上一切的悲喜融化了一個婦人，又再塑造了另一個靈魂，再刻盡了你的風貌，在一根根骨頭裡。

你的名字，在我的身上。

看起來，你已經只是地圖上的一幅土黃色的頁數。看起來，這一切都像一場遺忘。看起來，我也不敢再提你。看起來，這不過是風塵

NO. 3

裡的奴奴。

可是，心裡知道，已經中了那一句沙漠的咒語：「只要踏上這片土地的人，必然一再的想回來，別無他法。」

已是撒哈拉永生的居民，是一個大漠的女子。再沒有什麼能夠懼怕了，包括早已住那片土地上數過了千次百次的生命死。

只要活着一天，就必然一次又一次的愛着你——撒哈拉。

沒有鄉愁，沒有離開過你。

如果今生有一個女人，她的丈夫叫她「撒哈拉之心」，那麼如果他們有一個女兒，那個名字必要被稱為：撒哈拉·阿非利加。

皇冠稿箋 25X20=500

那天還在講电話，电線那边的王新蓮已经被我的回憶变成了数年前的形象。雖然她一再的說：「我变了，姐，我变了，完全变了……」。

閉上眼睛，又是四個人的影子在眼前浮現。那時候，我們在台灣中南部旅行，是「今天不回家的」一种日子。

我們是四個；阿潘——越雲、齊豫、王新蓮——蓮蓮，加上我。為着一張叫做「回聲」的合作唱片，因離開了台北市，在中南部的許多电台「做功課」。

NO. 1

我喜歡把工作叫做「功課」，用字不同，其中童年心理的詩化，仍然有助工作時強大的遊戲感覺。

其實，功課百分之九十九都做好了，以那張唱片而言。我們的情緒或多或少不再感染那最初空無一物而又必需實踐的壓力，都能再笑了。

就是那一天，在一家旅館裡，蓮蓮突然講起一部她認為很好而我沒有看過的電影。起初，她坐在地上講、講、講，雙手已經舞動，後來不自覺的站了起來，在我身旁繞圈子，最後講到精彩結束時，激一下倒在床上，兩

三毛稿箋 25×20=500

隻瘦腿擱在牆上，整個上半身懸吊在床外，双手一攤，臉上的表情突然放鬆——停止了。

當時，我日直不能進入蓮蓮講的电影裡去，一直張大了眼睛，观察她本人的出神入化。也悄悄的問自己：「怎麼可能，前半年的日子，我居然被這個兒童給整到失去記憶？」再度冷眼看看蓮蓮，她還是裝死在床上，臉上充滿了幸福光輝、微微含笑——是一個如假包換的兒童。

「嗳，我不想讀妳。」我对自己說。

在房間裡梳頭，髮夾還沒有別上，她那間裡面使來慘叫——不——要——。我伸頭去看看，齊豫手裡拿着一把毛蓬蓬的大刷子，說道：「一點點，一點點嘛！妳看，都不紅，看不出

NO. 2.

來吧！」那個拚死反抗的蓮蓮，臉上肯定沒有一絲胭脂影，手裡抓了面圓鏡子，另一隻手開始急速動作的塗擦臉頰。

我看着這兩個快樂兒童，沒有什麼想加入的衝動，還是不明白她們目前這付樣子，怎麼可能將我記憶中一百八十個电話號碼都給炸散光——包括自己家中的。還有地址。

王新蓮和音樂，是我的「制作人」，她們「制」我的歌詞。

或說，當這兩個妹妹承担下「回声」這張唱片的全部制作時，我以為，在音樂部份她們是在行的，至於文字部份的觀念，她們管不到我還是沒法忘記那歌詞部份本身所遭遇到的小劫。我看見自己一次一次燈下塗改，第二三四日的整個下午，蓮蓮和齊豫跟我討論更改。不然全部打回票，很無情的。

我看到自己已然趴在地板上，蓮蓮蹲在我身畔，微笑的，說：「那妳再想想，好，休息一下再想想，我們不逼妳」我生平第一次想得想想逃到宇宙之外去——她們怎麼不逼人？那時已經不能提筆了，都是用講的。蓮蓮又在講：「那妳要把星星擺在哪里呢？」在她和齊豫問了一百五十次不同的擺法又不滿意時，我說：「四十面一八十方」她們一拍手，我知道這一句答得好的一剎那

NO. 3.

，腦子就炸掉了，住了十七天医院。

也因為那次長達九個月的共同工作，使得運運和齊豫突然處成小孩子的情況，令我不去再讀她們。

九個月的時光裡；等於差不多一年了。齊豫和運運工作起來那份不要命的狠勁，並不能嚇倒我，在另一個角度上分析，我也有這种性情。可是小看了她們在文字上的敏銳和堅持，是我個人对她们掉了輕心。

她們表面上有一种偽假，使人覺得糊糊塗塗，散散漫漫，其實不是的。她們以歌唱著名也只是一部份事實，正如我的文字一樣。其實我們的餘力還可以活得相当多元化－包括做家事、旅行、數錢、記住約會的時間、別忘了帶而變成小孩子。當然，她們不會忘記音樂，正如我難以完全放下這隻筆相同。

在「回声」這張唱片中，達達挑去了我的一首歌詞「遠方」，由她担任配樂。我將那捲音樂帶寄到維也納去，給一位古典音樂的作曲家。回信很快的來了，追問「遠方」的譜曲者是誰，說她好。

本來為了這件事情想打个电話給達達的，後來匆匆離國，就此把自己變成了不再擁有回聲的影子。

再來就是去年了，華燈初上的天母街頭，我看着前面一條迷你裙中的瘦腿，感到似曾相識，那人一回頭，兩個人都叫了起來，嘩一下擁

NO. 4.

抱在一起。看着眼前的蓮蓮，容光煥發、眼神中有什麼東西在閃爍，同樣一頭短髮卻甩出了另一种精神。她喊着：「我們今晚不睡覺，要去爬山。妳去不去？去不去？」我笑看着她，搖搖頭，在霓虹燈下的蓮蓮，讓我看到一朵朵不紅的胭脂，亮在她的臉頰上。

「這是我的名片。」蓮蓮遞上來的名片的一剎間，我喔了一聲，雙手將它接過來，小心翼翼的把它夾到一本書裡去。這時候蓮蓮和她的朋友們開始走了，一步一回頭的向我揮手。

我站在燈火下，含笑揮手、再揮手、又揮手，那首披頭的老歌：「我說哈囉！你說再見！」

滲合着強烈的搖滾動感心情，就在達達漸行漸遠的長腳程糾纏了好几秒鐘。

她和齊豫，加上我，曾經是共同造作心靈旅途的朋友，而今竟也變成了一种比路人略多了一些的風景，在生命中如此簡單的穿過，沒有留下太多不自然的情節。我覺得我們三個人，好棒。

我們揮霍過的功課，早已煙消雲散，賣了個滿堂紅彩，好似都已不再是我們的關心。達達有新名片，她當然仍在走下去，也必然在變化下去。

我沒有照着她名片上的號碼打電話去。

前几天吧，我們逗着大嫂子打電話，她打

NO. 5.

到我出版社，出版社立即轉告我，我打去「CRT」，滾石唱片公司却回了我电話——蓮蓮。

很久不講話了，又在电話裡彼此叫囂鬧了一番，蓮蓮說：「我在尼泊尔爬山，看見妳在一個小村落裡塗的招牌，一時太興奮了，衝進那家小店去找——妳，裡面的人說妳才回去過——想想看——在尼泊尔吧——看見妳的中文——她——開心死了——」

最後，蓮蓮說：「要出書了，我——字——的。奇不奇怪？」

我一点都不驚奇，想當然也的。

如果只是你她唱歌，想到她居然跨過異來字文音乎，一般人或許不明白，而我不但聰明明白白尚且沒有一絲意外。

在那些一起做功課的時光裡，早以領教過達〃對於文字應用的超級敏感和對那向立即產生的聯想，這一方面，仍是她的世界，不過把那長腳輕輕伸了過來。寶藏。寶藏。

电話那边又在喊」：「我跟妳說，我變了、我變了、變了好多。唱片的風格也變了，要不要寄給妳聽？」

第二天下午，一捲錄音帶俏〃埋伏在我的信箱裡。撕開信封一看上面的照片，不覺微〃一笑。

說得沒錯，那天站在街頭的她——又變了。

我忍住那份好奇，遲〃不肯打開玻璃封套

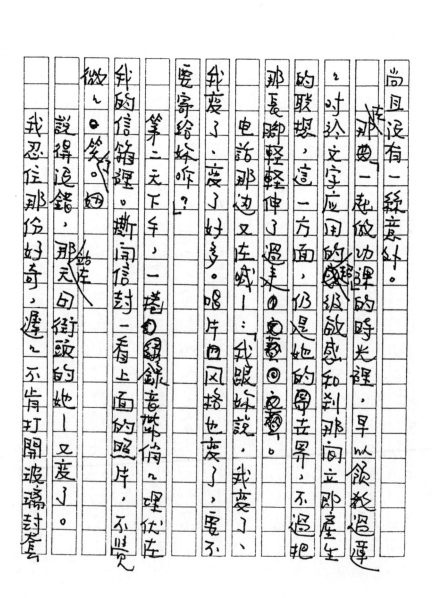

NO. 6.

，怕那全然不同的音樂和歌詞—她自己做的，流暢在我的房子裡時，那過去記憶中的蓮蓮因而從此在我腦中炸掉。

蓮蓮是一种在自我的生命歷程裡急速變化的人。不可以，也坦支離，就在此刻給她田字下太多的定義，因為她仍在變化中，而且快速。

我沒有向她討來新書的大樣，就如同對待她音樂方面的新作一樣，給自己的空間跟目前的她保距着一小段距離，我不去讀她。

可以確定的是—王新蓮至今還是一片滾動的石頭，更像一幅迎風扯起的大旗，她如此旗幟鮮明的活着，旁觀者的我們又能讀懂她幾分呢。

三毛一生大事記。

● 本名陳平，浙江定海人，一九四三年三月二十六日（農曆二月二十一日）生於四川重慶。

● 幼年期的三毛即顯現對書本的愛好，小學五年級時就在看《紅樓夢》。初中時幾乎看遍了市面上的世界名著。

● 初二那年休學，由父母親自悉心教導，在詩詞古文、英文方面，打下深厚的基礎。並先後跟隨顧福生、邵幼軒兩位畫家習畫。

● 一九六四年，得到文化大學創辦人張其昀先生的特許，到該校哲學系當旁聽生，課業成績優異。

● 一九六七年再次休學，隻身遠赴西班牙。在三年之間，前後就讀西班牙馬德里大學、德國哥德書院，在美國伊利諾大學法學圖書館工作。對她的人生歷練和語文進修上有很大的助益。

● 一九七〇年回國，受張其昀先生之邀聘，在文大德文系、哲學系任教。後因未婚夫猝逝，她在哀痛之餘，再次離台，又到西班牙。與苦戀她六年的荷西重逢。

● 一九七四年，於西屬撒哈拉沙漠的當地法院，與荷西公證結婚。

● 在沙漠時期的生活，激發她潛藏的寫作才華，並受當時擔任聯合報主編平鑫濤先生的鼓勵，作品源源不斷，並且開始結集出書。第一部作品《撒哈拉的故事》在一九七六年五月出版。

- 一九七九年九月三十日，夫婿荷西因潛水意外事件喪生，三毛在父母扶持下，回到台灣。
- 一九八一年，三毛決定結束流浪異國十四年的生活，在國內定居。
- 同年十一月，聯合報特別贊助她往中南美洲旅行半年，回來後寫成《千山萬水走遍》，並作環島演講。
- 之後，三毛任教文化大學文藝組，教〈小說創作〉、〈散文習作〉兩門課程，深受學生喜愛。
- 一九八四年，因健康關係，辭卸教職，而以寫作、演講為生活重心。
- 一九八九年四月首次回大陸家鄉，發現自己的作品，在大陸也擁有許多的讀者。並專誠拜訪以漫畫《三毛流浪記》馳名的張樂平先生，一償夙願。
- 一九九〇年從事劇本寫作，完成她第一部中文劇本，也是她最後一部作品《滾滾紅塵》。
- 一九九一年一月四日清晨去世，享年四十八歲。
- 二〇〇〇年七月三毛遺物入藏國立文化資產保存研究中心籌備處。現址為台南市中西區中正路一號國立台灣文學館。
- 二〇〇〇年十二月在浙江定海成立三毛紀念館，由杭州大學旅遊研究所教授傅文偉夫婦籌劃。
- 二〇一〇年《三毛典藏》新版由皇冠出版。
- 二〇一六年十月二十六日三毛作品《撒哈拉歲月》西班牙版與加泰隆尼亞版，於西班牙出版。
- 二〇一六年十二月二十日國立台灣文學館出版《台灣現當代作家研究資料彙編．89．三毛》。
- 二〇一七年四月二十日中國大陸浙江省舉辦「三毛散文獎」決選及頒獎典禮。

國家圖書館出版品預行編目資料

思念的長河/ 三毛 著.
-- 初版. -- 臺北市：皇冠, 2012.4
面；公分. --（皇冠叢書；第4295種）
（三毛典藏；11）

ISBN 978-957-33-2978-7（平裝）

855　　　　102004770

皇冠叢書第4295種
三毛典藏 11

思念的長河

作　　者—三毛
發 行 人—平雲
出版發行—皇冠文化出版有限公司
台北市敦化北路120巷50號
電話◎02-2716-8888
郵撥帳號◎15261516號
皇冠出版社(香港)有限公司
香港上環文咸東街50號寶恒商業中心
23樓2301-3室
電話◎2529-1778　傳真◎2527-0904
美術設計—王瓊瑤
著作完成日期—1990年
初版一刷日期(三毛典藏初版一刷)—2013年4月
初版十二刷日期(三毛典藏初版十二刷)—2018年12月
法律顧問—王惠光律師

讀者服務傳真專線◎02-27150507
電腦編號◎003111
ISBN◎978-957-33-2978-7
Printed in Taiwan
本書定價◎新台幣250元/港幣83元